[新概念阅读书坊]

女孩最爱读的真情故事全集

NÜHAI ZUI AI DU DE ZHENQING GUSHI QUANJI

主编◎崔钟雷

JM 吉林美术出版社

图书在版编目（CIP）数据

女孩最爱读的真情故事全集 / 崔钟雷主编 . —长春：吉林美术出版社，2011. 1（2023. 6 重印）
（新概念阅读书坊）
ISBN 978-7-5386-5032-7

Ⅰ . ①女… Ⅱ . ①崔… Ⅲ . ①故事 – 作品集 – 世界 Ⅳ . ① I14

中国版本图书馆 CIP 数据核字（2010）第 255504 号

女孩最爱读的真情故事全集

NÜHAI ZUI AI DU DE ZHENQING GUSHI QUANJI

出 版 人　华　鹏
策　　划　钟　雷
主　　编　崔钟雷
副 主 编　刘　超　那兰兰
责任编辑　栾　云
开　　本　700mm × 1000mm　1/16
印　　张　10
字　　数　120 千字
版　　次　2011 年 1 月第 1 版
印　　次　2023 年 6 月第 4 次印刷
出版发行　吉林美术出版社
地　　址　长春市净月开发区福祉大路 5788 号
　　　　　邮编：130118
网　　址　www. jlmspress. com
印　　刷　北京一鑫印务有限责任公司
书　　号　ISBN 978-7-5386-5032-7
定　　价　39. 80 元

前言 Foreword

阅读是一段开启心智的历程，阅读是一种与书籍对话的方式，阅读是一盏点亮灵魂的明灯！人们常说“开卷有益”，只要认真去阅读，用心去体会，就会从书籍中获取丰富的知识，获得源源不绝的力量！

为了开阔您的阅读视野，我们精心编纂了本套“新概念阅读书坊”系列丛书。阅读是一种自我充实的过程，读什么和怎样读都显得颇为重要，而我们的意旨在于为您提供一种全新阅读方式的可能！

本套丛书内容涵盖面广，设计新颖独到，优美的文章，精致的图片以及全新的阅读理念，必将呈现给您一场独特的阅读盛宴，愿您在享受这段新奇的阅读历程时，也会将之视为开启您阅读之门的钥匙，走进阅读的美好世界……

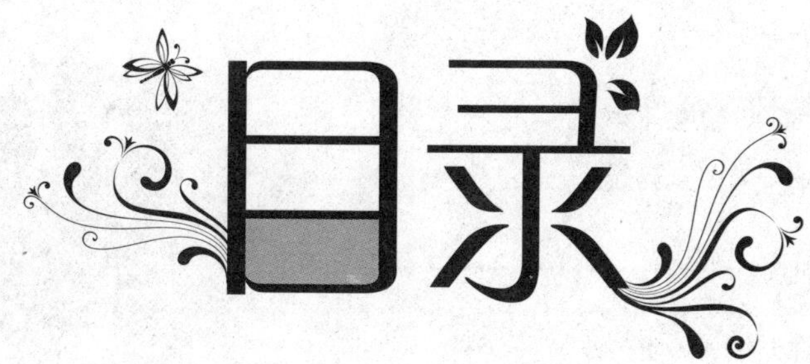

第一章　一只手的力量

第二章 因为您，我无法沉沦

第三章 宽厚的师爱

一只手的力量

远在天涯的人，时时牵挂一方土地吗？不是的，不过是故乡的几个人把我们牵扯罢了，特别是为我们付出了很多的父亲！

母亲的抉择

程立祥

那天，28 岁的琳莎娜带着 2 岁的小儿子送 6 岁的女儿到学校去。因为是第一天开学，女儿艾拉娜非常高兴。

这是一个绝对的好天气，树上的鸟儿也自由自在地唱着快乐的歌。学校是孩子们的天堂，但谁也不会想到，噩梦悄悄地来临了。可怕的人质绑架事件发生了，许多头套黑罩只露出两只眼睛的武装分子冲进了学校。他们持着枪，举着刀，对准了这些惊恐万分的孩子。

时间一分一秒地走着，有些孩子被武装分子叫出去就再也没有回来。琳莎娜也是惊恐万分，身边是女儿，怀中有儿子，她不知道如何去面对，她甚至能够感觉到死亡的气息越来越近。

由于长时间缺水，儿子用嘶哑的声音哭了起来。那个绑匪不耐烦了，手一指：“你过来！”琳莎娜惊恐万分，但又毫无办法，她把儿子放下，又把儿子抱起来，要是把儿子单独留下，同样是死路一条。女儿艾拉娜也没有留下，跟在了母亲的身后。

或许是那个绑匪心生怜悯，或许是绑匪要玩一场猫捉老鼠的游戏，他同意琳莎娜离开，但必须在儿子和女儿之间作一个选择，只能带一个走。

琳莎娜惊呆了，在两个孩子中二选一，这是每一位母亲都难以抉择的事情。她多么想让自己留下！——这是她一辈子最痛苦的选择。

琳莎娜抱着儿子快步向外跑去，留下的是 6 岁的女儿艾拉娜，女儿望着妈妈的背影拼命地哭喊：“妈妈，别扔下我！”声音撕扯着琳莎娜的心，在即将走出学校的时候，琳莎娜又回头看了女儿一眼，心中说

“我还要回来”。

果然，不到一个小时，琳莎娜不管外面人的劝阻，又回到了人质中间，她悄悄地给女儿带去了水，她说：“我是母亲，我不能扔下另一个不管，我知道，如果我不回来，艾拉娜一定会死，我站在她身边，哪怕是最危险，哪怕是绑匪用枪对着她，只要我在她面前，替她挡着子弹，总还有生的希望。”

如今，琳莎娜和儿子、女儿都健健康康。或许，谁都会猜测到在女儿艾拉娜心中一定有个疑问：当初母亲为什么没有带她走？

我想，这个答案，她母亲早已用行动作了回答。在俄罗斯的历史上，也一定会记下“北奥塞梯人质事件”。这次惨无人道的绑架学生事件中，死亡的人数是332人，重伤是704人。其中，学生死亡155名，重伤247名。然而6岁的艾拉娜却安然无恙——这是再次回来的结果！这是母亲陪她共同度过被绑架53个小时的结果。

其实，对于一位母亲而言，在面对绑匪枪口的时候，心中又怎会有什么选择？

她心中唯一有的，就是爱！除去自己的、对儿女的无私的爱！

我要对你说

人生的道路上，我们会有许多选择，这些选择没有对错之分，然而却格外艰难，就像琳莎娜这样。但可以肯定的是，无论选择谁，作为母亲，她都不会放弃任何一个孩子，她会陪伴着每个孩子，和他们一起去面对生活的挑战。

一只手的力量

张小失

中途，一位妇女上了中巴，左手抱小孩，右胳膊挽着一袋肉。没有人给她让座，我只好从发动机盖子上站起身，说：“将就一下，你坐这里吧。”

她感激地笑笑。她显然很疲惫，衣服也不整洁，像是个常做小买卖的。怀中的孩子不过两岁，黑黑的，胖胖的，挺敦实。

她将那袋肉放在司机座位后，美美地舒了口气，坐在盖子上，稳稳地抱着孩子。

不久，下去几名乘客，车厢空了许多，但仍然没有空座位。

我无聊地望着外面，耳际是发动机的响声。就在这貌似平静的时刻，忽听司机一声惊叫，车身“嘎——”一扭，差点把我甩出窗外！紧接着，“轰隆”一声，中巴似乎被弹起。

我头晕目眩，手下意识地攥紧栏杆，但巨大的惯性仍然将我抛向车后。

这时，又是“轰隆”一声，中巴骤然停止。

惊魂未定。车内一片哭喊、叫骂。我发现，中巴此刻整个翘了起来，车尾还在地上，而车头却搭上一堵矮墙，车身与地面约成45度夹角！

车祸！我忽然记起抱孩子的妇女，回头一看，见她左手牢牢地抓着司机座位上的钢丝，右胳膊紧紧抱着孩子，半吊在空中。

车门被人打开了，大家鱼贯而出。妇女下车时，我想帮她抱一下孩子，她笑道：“不用，只是，麻烦你……”

她努努嘴，是指掉在座位上的那袋肉。下车后，我拎着肉找到她，见她正瞅左手掌，她的左手掌变成了乌青色，渗出血来，显然是钢丝勒的。当我递上肉的时候，她伸出右胳膊接——手腕处光秃秃的！竟然没有右手！当中巴弹起时，我双手都难以抓住栏杆，而她抱着孩子，居然用一只左手攥住了钢丝——她付出了多么巨大的力量，同时又忍受了多么剧烈的疼痛！

其他乘客围着中巴吵嚷成一片，群情激愤，要追究事故责任人，而那位妇女左手抱小孩，右胳膊挽着一袋肉，已默默地走远了。

后来我多次对别人说起这次经历，大伙儿都啧啧称奇，但我没有道出我心中的感慨：这世上拥有两只手的人多的是，而真正有力量者，一只手也就够用了。

一只手的力量已足够，因为那是母爱的力量。在危难时刻，母亲忘记了痛苦，忘记了危险，只是紧紧地抱着孩子，这份力量足以表达她那无尽的爱，也足以为孩子撑起一片坚强的天空。

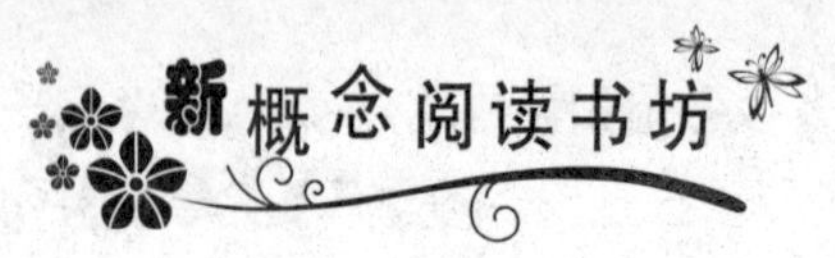

母亲的纽扣

一 冰

他还记得，那年他过12岁生日时还在上学，老师自然没有理由为他放假。一大早，母亲就把他从被窝里拽出来，他躲闪着母亲冰凉的手，还想再赖一会儿床，就听母亲说："你看这是什么？"

他睁开眼睛，面前是一件新衣服，并且正是他梦寐以求的那种军装式样，双排铜纽扣，肩上有三道蓝杠，这是在同学们中正"流行"的。他一下子兴奋起来，三下两下穿上衣服，连长寿面都吃得慌慌张张——他要去学校里跟同学们炫耀一下，他也有一件自己的新衣服了，而且是最"时髦"的！要知道，从小到大，他都是穿哥哥的旧衣服，补丁摞补丁呀。

果然如他所料，当他一走进教室，同学们的眼光都瞪直了，他们都没想到，一向灰头土脸的他也有这么光彩夺目的时候。

他在自己的座位上心情愉快地上完第一节课，课间时分，同学们都围拢在他的周围，翻看他的新衣服。有个同学忽然问："咦，你的纽扣怎么跟我们的不一样呢？"他这才认真看起了自

己的纽扣，还真的不一样，别人的纽扣是双排平直的，而他的纽扣却是斜的，两排成倒八字形。

同学们翻看他的衣服，忽然都笑了起来，原来他的白衣服被纽扣扣住的地方是一块黄色的旧布。他也明白了，一定是母亲买的一块布头，布头不够做衣服，只好在里面衬上一块别的布，为了怕别人看出来，纽扣只好歪到了一边；而为了让别人看不出来，母亲又别出心裁地把另一排纽扣也斜着钉，自然就成了倒八字形。

知道了真相，同学们“轰”地一下全笑了，眼里又恢复了往日讥诮的神色。那些目光激起了他心里的一团怒火。中午回到家，当着来客的面，他剪碎了自己的新衣服。母亲冲到他面前，高高扬起的手，最终没能落下来，他瞥到母亲的泪水在眼眶里打着转，转头跑了……

他分明感觉到，从那天起，母亲像是变了个人似的。父母做的是磨豆腐的生意，母亲平时都很少闲过，那以后就更是连喘口气的时间都不给自己留。他眼看着母亲消瘦下去，眼看着母亲倒下去……他很想对母亲说一句“对不起”，可再也没机会说了。

但他继承了母亲的傲骨和勤奋，他努力地学习，使自己的生活发生了翻天覆地的变化，他拥有了很多很多的钱，把母亲的坟墓修葺了一遍又一遍。

有一天，他参加了一个服装展示会，那都是世界顶级的服装设计大师的作品。中间有一个男模特走上场，他的眼睛一下子直了，脑子里面嗡嗡乱响——那白色的衣服，倒八字的铜纽扣，里面是不是？……他情不自禁地冲上了舞台，翻开那个男模特的衣服，里面衬的竟然也是一块黄布！

他跪在那男模特的面前放声痛哭。

当听他讲完了他的故事后，全场的人都沉默良久。最后，一位设计大师说："其实，所有的母亲都是艺术家！"

我要对你说

母爱创造了绝美的艺术，那是美轮美奂的爱的艺术，是心血炼就的结晶。两排倒八字形的纽扣，充满了儿子的悔恨和对母亲的无限的愧疚。不要等到失去了才知道珍惜，爱你的父母，这是最纯正的道德。

勇敢是母亲的本能

感 动

在2005年5月18日下午，辽宁省新民市华美小区50栋4层一户居民家里，静谧，和谐。

女主人单丽新在卫生间里洗衣服，丈夫张先生在卧室里接听一个电话，三岁的女儿正在那张小床上睡觉，单丽新的母亲在厨房里为一家人准备晚餐。

七点半左右，当单母偶然推开卧室的房门时，发现床竟是空着的，三岁的外孙女儿不见了。正在卫生间洗衣服的单丽新与丈夫听到母亲的叫喊后大吃一惊，急忙四处寻找。女儿的床挨着窗户，窗户是开着的，顺着窗户从四楼向下看时，一家人心痛欲碎，他们看到了从窗户失足摔到二楼平台的女儿。

此时，不懂事的女儿正啼哭着一点一点爬向平台的边缘，形势千钧一发。

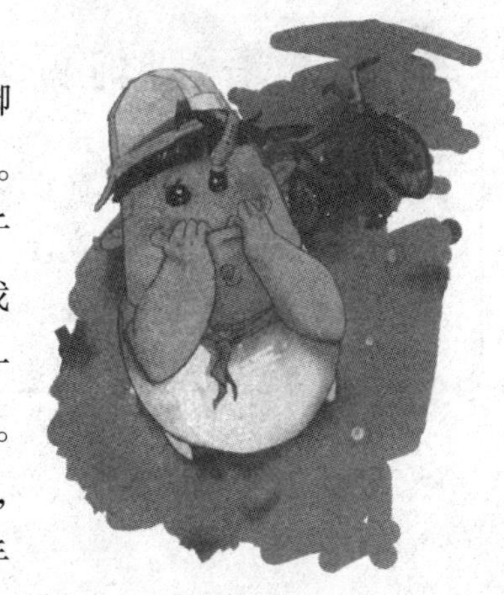

看着爬向死亡边缘的女儿，赤着脚的单丽新不顾一切地就要从窗口跳下去。母亲拽住她的衣服，说："闺女，你可千万不能跳啊！"单丽新哭着说："妈，我也要我闺女！"说完，这位年轻母亲如一只轻盈的蝴蝶，从12米的高空飘然而下。

当老母亲再次睁开眼睛时，她看到，三楼铁窗护栏上挂着半截血淋淋的手指头。

从12米高空跳下后，单丽新一把拽住距离平台边只有半米的女儿，把她搂在怀里。

这是二楼与三楼之间的一块很狭窄的平台，前面是半空，头顶上是三楼居民设置的防盗铁栅栏。单丽新进退不得，只能抱着孩子蹲在那里。就在这时，她突然发现女儿的内外衣黏糊糊的都是血，但孩子并没有受伤，哪来的血？这一刻，她才突然发现自己的右手小拇指没了半截，一阵钻心的疼痛随之而来。

搂着怀中哇哇大哭的孩子，单丽新也像个孩子似的对楼上的母亲大喊："妈，我的手指没了，怎么办啊！"妈妈在楼上哭着安慰她说："不怕，不怕，能接上，千万别慌。"

20分钟后，三楼的一户居民闻讯赶回来了。这家的主人毫不犹豫地用斧头劈开自家的铁窗栅栏，救出了这对母女。

事后，单丽新说："当时没有时间想什么，听到女儿的哭声，我的心都要碎了，我就跳下去了。"

母亲的勇敢不需要理由，因为这是她的本能。

母亲不会考虑自己的安危，当孩子身处险境时，只求孩子平安无事，即使付出生命也在所不惜。勇敢是母亲的本能，它把母亲发自肺腑的爱淋漓尽致地表现了出来。

妈妈不让你上法庭

陈志宏

女人与丈夫共苦多年，一朝变富，丈夫却不想与她同甘了。

他提出离婚，并执意要儿子的监护权。

为了夺回儿子的监护权，女人决定打官司。她抛出自己的底线：只要儿子判给自己，其他什么都可以不要。

开庭那天，男方说女人身体差，不宜带小孩，并拿出她以前的住院病历当物证。女人出示前几天由某大医院开具的体检结果，驳倒了男方。

他又说女人欠巨额外债，没有经济能力抚养儿子。女人马上出示男方恶意转移财产、转嫁债务于自己的商务调查函，又一次越过了他的陷阱。

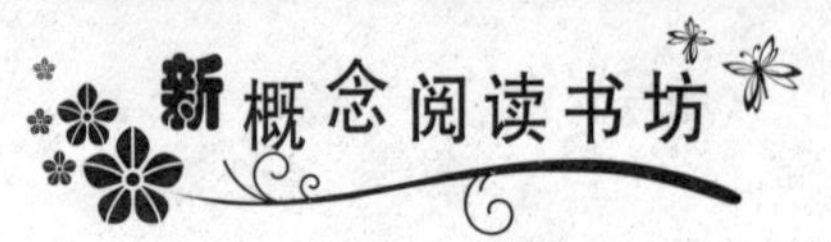

激烈的唇枪舌剑、拉锯式的辩论，女人一直占上风。男方见势不妙，使出杀手锏：女人经常打骂孩子，对儿子造成巨大伤害，儿子不愿和她生活，只想跟爸爸在一起。

审判长传他们的独生子到庭作证，法警走向证人室，准备请那小孩出庭时，女人的脸由红变白，又由白变紫，忽然，她霍地站起来，大声宣布：“审判长、审判员，我——撤诉！”

女人掩面大哭，跑出了法庭。

事后，有朋友问女人：“你真的虐待儿子吗？”

女人无力地摇摇头：“我爱我的孩子，怎么可能虐待他？”

朋友惊诧了：“那你为什么要放弃？”

女人说：“我孩子胆小，一旦出庭作证，必然心灵受伤。我怎么忍心……”

她以泪代语。所有的说辞，在女人那母性的哭泣中都显得那么苍白，那么虚伪。

我要对你说

为了不伤害到胆小的儿子，妈妈不但放弃了对儿子的监护权，甚至承担了虐待儿子的恶名。妈妈对儿子的爱，在众人看不到的地方隐藏着，也许连儿子也不会知道。母亲所付出的爱，让每一个人心痛、心动。

母亲的姿势

吴志强

这是一个真实的故事。他们就住在一套用木板隔成的两层商铺里。母亲半夜起床上厕所，突然闻到一股浓浓的烟味，便意识到家中出事了。等丈夫从梦中惊醒，楼下已是一片火海，全家两个女儿三个儿子以及两位雇工都被困在大火中。孩子们被叫醒后，个个如受惊的小兔子，逐一聚拢到母亲身边。幸好阁楼上的天花板只有一层，砸开它，就可以攀上后墙逃生。绝望之余，父亲带着两个雇工砸开天花板，并第一个抢先翻过墙头。父亲出去后，再也没有回来，他只顾呼唤邻居救火。高墙里面，大火离母亲和五个孩子越来越近了。五个孩子中，最高的也仅有 1.54 米，而围墙竟有两米多高。他们没有一个人能单独攀上去。幸运的是，墙头上有一个雇工留了下来，他一手紧抓房顶横梁，另一只手伸向墙内的母亲和五个孩子。“别怕，踩着妈妈的手，爬上去！”母亲蹲在地上，抓牢大儿子的脚，大儿子用力一蹬，抓住雇工的手攀上了墙头翻身脱离了险境。用同样的办

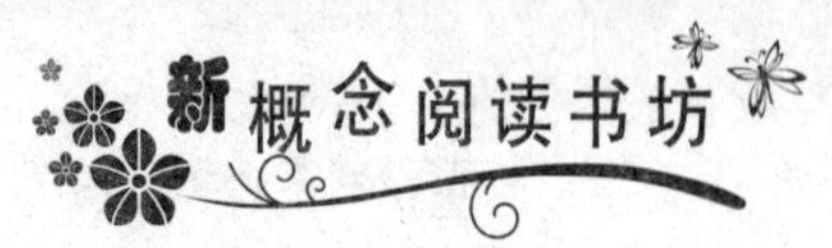

法，母亲把二儿子和小儿子一一举过了墙。

此刻，火舌已舔到脚掌，母亲奋力抓起二女儿。此时，她的力气已用尽，浑身不停地颤抖。大女儿急中生智，协助妈妈把妹妹举过了墙。火海中，仅剩母亲和大女儿。大火已卷上了她们的身体，烧着了她们的衣服。大女儿哭着让妈妈离开，但母亲坚决地将女儿拉了过来，拼尽最后一口气，将大女儿托过墙头。当工人再次把手伸向母亲的时候，她竟然连站立的力气也耗尽了，转眼间，便被大火吞没了。墙外，五个孩子声泪俱下地捶打着墙，大喊着“妈妈”。而墙内的母亲再也听不见了，永远地闭上了眼睛。

消防人员赶到，20 分钟便将大火扑灭。人们进去寻找这位母亲，看到了极为悲壮的一幕：母亲跪在阁楼内的墙下，双手向上高高举起，保持着托举的姿势。

这个故事就发生在深圳，人们也将永远铭记这位英雄母亲的名字——卢映雪。

母亲用并不强壮的肩膀托起了五个孩子生存的希望，自己却葬身于火海之中。这就是母亲，她们永远把孩子放在第一位，却从来不会顾及自己的处境，甚至生命的安危。

妈妈的手机响了

雨轩情怀

一转眼，母亲都60岁了。在母亲生日那天我送给她一部手机，手机一买回来，我就帮母亲把一些急救电话的号码输进去，并告诉她短信如何接发，然后把说明书交给母亲，让她自己琢磨去了。

几天后，母亲打来电话，说还是不太会用手机，说明书的字太小了，看着费劲儿，尤其是接发短信一直都还搞不清，让我教她。周末赶回家，一进门便说要教她，母亲高兴得像个孩子。可是没说两句我就烦了，那么简单的操作方法，为什么身为教师的母亲就是理解不了呢？于

是不由自主地嗓门也提高了，语速也加快了。显然母亲察觉到我的态度，有点像做错事的学生，不敢再多说一句，放下手机做饭去了。

一看母亲做鱼我便来了精神，因为老公最喜欢吃母亲做的鱼，总说我做的不好吃，于是赶快拿来纸，笑着跑到厨房学艺。母亲告诉我，如果想做的味道一样，那么作料入锅的先后顺序也要一样。母亲一边说，我一边记，说得太快的地方，就让母亲再重复一遍，比如到底应该先放葱姜，还是应该先放大料，到底是先放醋，还是应该先放料酒，都问得仔仔细细，生怕漏掉任何一个环节。看着我的记录，母亲还笑着在重点环节上做了注释。

看着那张被母亲批示过的记录，我好愧疚。从小到大，无论大事小事，都是母亲手把手地教给我，从没有一点怨言，生怕我不能掌握，而我只为母亲做那么一丁点儿小事，却那么不耐烦。于是我拿起手机给母亲发了一条短信："对不起，妈妈，请您原谅我刚才的态度。"

手机响了，母亲拿了起来……

母爱不求回报，也无法回报。不管我们做什么，我们得到的母爱都远远超过我们的付出。作为子女的我们，不应该沉溺于爱中而对母爱熟视无睹，学会感恩，学会给予，这样才能让亲情更浓、更纯。

牵挂

赖玉凤

小镇的汽车站到了，父亲刹住车帮我拿下行李说："到了学校给家里打电话，别老让你妈担心。"这是走了十几里山路后父亲说的第一句话。我应了一声，父亲就再没开口，只是默默地看着车来的方向，手中拿着我简单的行李。我从侧面看了一眼父亲，内心一阵酸楚。父亲又瘦了许多，由于常年的劳累奔波，所以父亲没有胖过的历史，此刻我却要远离家乡去读书，他那本已布满皱纹的额头不知又要爬上几道皱纹了。我忍不住又看了一眼父亲日趋消瘦的身躯，我担心他会被艰辛的生活压垮。

车来了，我跳上汽车，父亲在捆得结结实实的行李上又仔细察看了一遍，挨个儿拍拍，这才递给我。我站在车门口，等着父亲还有什么话，但他只是眯着眼睛看了看我，终于没有说一句话。车开走了，父亲还站在那儿，直到变成一个小黑点，被汽车掀起的漫天尘土裹住。

我蓦地感到父亲的衰老，老得让我心痛，老得让我自责自己的长进不快。望子成龙，望女成凤是每个父母的心愿。可是成了龙凤又怎样？上了天还不是"呼"地一下飞走了吗？

每天，在大街小巷都会遇上父亲般年龄的父辈。他们匆匆忙忙的脚步声，是为自己的子女弹奏的进行曲，他们隐忍的愁苦，有多少是为自己？父辈们不容易，那一脸的茧，一腔的苦楚，一颗不堪重负的心，把他们的日子包藏得严严实实。父亲何曾不是这样？天下的父亲都是一样呵！

在这种默默的爱意里，我一天天长大。

我知道父亲工作很累，头顶星辰而出，身披月色而归，有时甚至要在外露宿，特别是刮风下雨时路又滑又黏。每一个雨天我都心惊胆战，心里不断地为父亲祈祷。有时天气好好的却也弄得三更半夜才回得来，回到家时全身都是油味，衣服黑糊糊的洗也洗不掉。深夜回来时饭菜又凉了，妈就为他煮面。这时，我们姐弟几个就会很懂事地爬起来为父亲驱除一天的疲劳。这或许是父亲感到最欣慰的了。

父亲对我们很严。好多次，我真的很想向他倾吐自己对他严厉管教的感激，但虚荣和矜持使我无言凝视着他的苍老。尽管我们都希望彼此交谈，却谁都不愿先开口，这是中国人的特点，含蓄奔放的感情很少外露。

爱情可以化永恒为云烟一去不回，友情也可能因承受不住任重道远的负荷而随波逐流，唯父母情亘古不变，即使用愤怒、孤独把它伤害得淋漓尽致，但它依旧不改为我牺牲的初衷，做我朝朝暮暮的守候。

看过很多写父亲的文章，这无疑是对父亲的一种回报。对父亲，我

们满含觉悟，写成天下最长的文字，也未必能表达这份爱，唯愿把这些凝固成文字的情和爱，换成行动，让我们用心用真诚滋润他们衰老的心。面对父辈，我们一直生活在遗憾和悔恨中，而避免这种“痛苦”的最好药方就是浅浅地付出真情。

远在天涯的人，时时牵挂一方土地吗？不是的，不过是故乡的几个人把我们牵扯罢了，特别是为我们付出了很多的父亲！

魂牵梦萦的牵挂，荡气回肠的真情，无私无畏的奉献，竖起了一座丰碑，将父爱的伟大铭刻进子女的心怀。这种爱延绵至千山万水，书写着亘古不变的浓情，带给子女一生无尽的温暖。

一元钱的故事

古华城

一天，我参加了一家电视台创意的一个游戏。游戏内容是我身上没带一分钱，但我得去乘一辆公共汽车，车票的价格是一元钱，我要想办法“借”到一元钱。游戏的方式是由我在前面借钱，电视台的摄像机在后面跟踪偷拍，实录下我在这个游戏中可能遭遇的种种场景。

我到了公共汽车站，犹豫了好久，才鼓起勇气对一位大伯说：“大伯，我的钱包被人偷走了，能借我一元钱坐公共汽车吗?”大伯头也不抬地说：“你们这种人我见得多了，现在到我这儿来讨一元钱，转个身又到别人那儿讨一元，一个月下来，你们的收入比我的工资还要高呢，可恶!”

大伯显然将我当成了职业乞丐，我一下子张口结舌，什么话也说不出来，第一个回合就这样败下阵来。我深吸了口气，准备第二次冲锋。

这次，我看准了一个慈祥的大妈。我红着脸上去搭讪：“大妈，我的钱包被人偷走了，我现在身上一分钱也没有了，您能不能借我一元钱让我坐车回家?”大妈仔细看了我一眼说:“年轻人，我看你表面还像个知识分子，你应该去做一些体面干净的事情，年轻人要学好，你的路还长着呢，别一天到晚动歪脑筋。我现在可以给你一元钱，但我怕你以后明白了事理，要找后悔药吃时，你就会骂我，因为就是像我这样的人，心慈手软，才一步步纵容了你的堕落。”

听着大妈的教诲，我找不着可以回答的话语，我想这不能怪大伯大妈，他们一定经历了太多这样的遭遇了。不过大妈的话倒提醒了我，说我像知识分子，我可以说自己是个大学生，也许更能博得同情。

一位打扮时髦的小姐走了过来，我迎上去:“小姐，我是个大学生，今天出门时忘了带钱包，你能借我一元钱让我乘车回学校吗?”小姐像受了惊吓似的，猛地后退几步满脸疑惑地盯着我。她可能将我当成一个骚扰女孩儿的无赖，她像过雷区似的，在我身边画了个半圆，然后迅速地跑到了车站的另一头。

三个回合都以失败告终，我有些心灰意冷。我回头看时，电视台的摄像师却一个劲儿地向我伸出大拇指，那是我们事先约定的暗号，意思是我得继续下去。显然，我的失败正在他们的意料之中，这样的尴尬场面对旁观者来说，说不定正像一道精美的大餐呢。

一位小朋友走近公共汽车站，我想这是我最后的试验了。我不想说钱包、大学生之类的谎言了，我走过去，很客气地说:“小朋友，能借我一元钱乘公共汽车吗?”小朋友马上从口袋里掏出一元钱递了过来。这下轮到我惊讶了，没想到，小朋友竟然什么都没有问，就把钱给了我。

待了好久，我才问小朋友："你为什么要帮助我呢？"小朋友顺口就说："因为你没钱乘车呀。老师说过，帮助是不需要理由的。"霎时，一股暖流从我心里流过。

在节目结束的时候，主持人补充了一个采访我的镜头，问参加这样一个游戏对我的人生观有什么影响。我的回答是：今后我会在口袋里多放1元钱，以便继续传递不需要理由的帮助。

爱心其实不是无边无际的，而是有限的一点，但却能在黑夜里给人光明，寒冷中给人温暖，悲痛中给人希望。所以，不要吝惜那小小的爱，只要人人献出一片爱心，世界将变成光明而温暖的天堂。

温馨"骗子"

谢甫武

朋友因为稿子的事,托我去打个下手。正干得不亦乐乎之时,习惯性地一瞅腕上手表,11 点 20 分,急忙抄起电话,给家里打:"妈……是我……今天中午我回家吃饭!"

朋友一听,急了:"你这伙计真不够意思,说好了中午一块儿聚聚,怎么又要开溜?再说这活儿还没完工呢?"

我赔着笑脸解释:"骗我老妈呢!自从我老爸老妈三年前从农村老家搬来和我们一起住后,我就常打电话骗他们。我妻子因为单位远,所以中午从不回家吃饭。我呢,因为干的是跑新闻的活,忙起来中午不回

家吃饭也是常事。这样一来，只剩下他俩在家吃饭了。老人节俭了一辈子，一看我们不回家，就热热剩菜剩饭凑合着吃点儿，没剩菜时就光煮点儿面条。爱喝两盅的父亲，有时就着一点儿咸萝卜也能下去半斤老白干。我和妻子苦苦劝了他们不知有多少次，可就是不管用。他们还说什么两人吃不多，有菜还不如晚上留着一家人吃，香，值。后来我就琢磨出了这个点子，每天中午 11 点 20 分左右打电话给老妈，说要回家吃。他们怕等我回去再炒耽误时间，知道我从单位到家也就 20 分钟，于是放下电话就忙活一阵，炒上一两个菜，耐心等着我回去吃现成的。我要是回去呢，就算是蒙对了，可我十次有六七次回不去。每当这时候，我就在 11 点 50 分左右再打电话，因为这时我估摸着他们都忙活完了。我说有事不能回去了，你们先吃吧。他们就只好满腹牢骚地慢慢享用炒好的菜了。”

说笑间，到点了。我又拿起电话：“妈……是我……我有点儿急事，对不起，你们自个儿先吃吧……”

我要对你说

读罢文章，一幅父母慈爱，孩子孝顺，合家其乐融融的画面浮现在眼前。父母一生节俭，有好菜都留着等儿子儿媳回来一起吃，儿子用温馨的谎言，尽一点孝心。多么希望这个世界上多一些这样的“骗子”。

一件连衣裙

忆玫　选译

“您喜欢我的连衣裙吗?”她问一位正走过她身边的陌生人。“我妈妈专给我做的。”她说道，眼里涌出了泪珠。

“嗯，我认为你的裙子真漂亮。告诉我，小姑娘，你为什么哭呢?”

小姑娘声音有些颤抖，回答道：“我妈妈给我做完这条裙子后就不得不离开了。”

“噢，是这样，”陌生的女士说，“有你这样一个小姑娘等着她，我敢肯定她很快就会回来的。”

“不，女士，您不明白，”女孩说，“我爸爸说她现在和我爷爷在天堂里。”

女士终于明白孩子的意思了，也明白了她为什么哭泣。她蹲下，温柔地把女孩搂在怀里，她们一起为离去的母亲哭泣。

忽然小姑娘又做了件让女士感到有点儿奇怪的事。她停住了哭泣，从女士怀抱中抽出身，向后退了一步，然后开始唱歌。她唱得如此轻柔，几乎像是在低语。这是女士听过的最甜美的声音，简直就像一只非常小的小鸟在吟唱。

小女孩唱完后解释说：“妈妈离去前经常给我唱这支歌，她让我答应她我一哭就唱这支歌，这样我就不哭了。”

"您瞧，"她惊叫道，"真管用，现在我的眼睛里没有眼泪了！"

女士转身要走时，小女孩抓住她的衣袖："女士，您能再停留一小会儿吗？我想给您看点儿东西。"

"当然可以，"她回答，"您想要让我看什么呢？"

小女孩指着裙子上的一处，说："就在这里，我妈妈亲了我的裙子，还有这里，"她指着另一处，"这里有另外一个吻，还有这里，这里。妈妈说她把所有这些吻都留在我的连衣裙上，这样我遇到什么事哭了，就会有她的亲吻。"

这时，女士意识到在她眼前的不是一件连衣裙，不是的，她在凝视一位母亲……这位母亲知道自己将离去，无法随时守候在女儿身边，因此吻去她所知道的女儿必然会遇到的种种伤心事。

所以她将所有对她美丽女儿的爱倾注在这件连衣裙上。现在，女儿如此骄傲地穿在身上。

她看到的不再是身穿一件简单的连衣裙的小女孩，她看到的是一个被妈妈的爱裹着的孩子。

一件连衣裙承载了妈妈所有的爱，她用爱和吻教导孩子学会坚强，她在冥冥之中守护着女儿未来的生活。不管是生还是死，母亲的爱都无言相伴。

寻人启事

金文吉

读寻人启事的时候，女孩正坐在长椅上，浓浓的树荫牢牢笼罩着椅子，这就像母爱，寒冷而郁闷，女孩无言。

用女孩的逻辑讲，母亲不疼她，母亲除了爱好挣钱之外，最大的偏爱就是苛求她。必须、不准、专制、独裁是女孩给母亲的定义，并作为对母亲的代称。

离开这个没有温暖的家，女孩蓄谋已久。女孩在留下这样一张纸条后，终于把计划变成现实："妈，我走了，按您的意思去把铁变成钢。别找我，我会活得很好。别忘了，我很漂亮。"

读着留言，女孩感到报复的快意。

令女孩满意的是，母亲第二天就调动了 A 市的新闻媒体，登了寻人启事，这要花很多钱的。能让母亲花不必要的钱，女孩心里高兴。

你永远找不到我。女孩甩甩头向火车站走去。在 B 市，女孩卖报、做工。只有在离家的时候才能品味出家的温暖。

半个月后，母亲把寻人启事散发到了 B 市，这次的寻人启事颇有一些检讨书的味道："女儿，回来，回来吧，妈不再……不再……"女孩开始惭愧。可不能就这么投降，女孩咬咬牙又去了C市。

每天晚上抱着寻人启事的报纸入眠，已经成了女孩离家后的一种习惯。在C市的两个月里，没有新的寻人启事，女孩感到失落和不安。

后来，女孩终于在《C市日报》上找到了一篇与自己有关的文字，但不是寻人启事，而是一则生日祝福："女儿，生日快乐！"短短的几个字让女孩失眠了。

给母亲打电话！女孩第一次拨通了那个自己私下默念过百遍、千遍的号码——"此用户寻女未归，请留言。"挂上电话，女孩已泪流满面。

合同期总算结束了，女孩风尘仆仆赶回A市，她颤抖着按响了门铃，开门的却是个陌生人。原来，为了筹资找女儿，几天前，母亲将房子卖掉，去了南方。

第二天，报纸上多了一则启事：

"寻母，速归。"

我要对你说

女儿的任性、不懂事让母亲痛心不已，但她仍然用爱呼唤着女儿的归来。因此，不要被物质冲淡了情感，也不要为理解或欲望盲目贪求爱，试着多体谅父母，不为别的，只为那颗真挚爱你的心。

母亲不说那个字

阿　盛

读大学时，老教授说过这么一个故事——明末洪承畴曾经如是自道："君恩似海，臣节如山。"后来降清，成了贰臣人物，于是有人这般讥他："君恩似海矣，臣节如山乎？"——老教授说，所谓笔如刀，真是。

"嘴唇两片刀"，这句话，当年童稚常听我母亲说过。通常，小孩多话缠烦时，母亲总会训一句："小孩子有耳无嘴！"若是有人好大言，口涂蜜，母亲便会告诫一声："做人啊，重心不重嘴！"

其实，我昔时并不很明白什么叫作重心不重嘴，直到长大成人，有足够的智慧深入思考问题，这才回头想起母亲的言行如一——自我开始懂事起，一直没听过母亲对我们说"爱"这个字。

我母亲从未认识过一个字，她生养7个儿女，除了我在读初中时当过小流氓之外，其余都平平顺顺地被教育成国家栋梁。她付出的心血，纵使未必浩荡如黄河，至少也长流如我乡的急水溪。可是，她顶多只愿意对我们这么说："阿母当然很疼你们。"

"疼"有两种意义。一种是疼惜，另一种是打疼。我在新营各戏院门口混太保时，三两个星期就打一次群架，由于彼时台湾经济尚未起飞，小太保打架是不用刀枪的。拳来脚往一番，顺便嚷叫几声，如此而已。糟的是，乡下人好管闲事，我打过架回到家，消息总是也差不多同时传到家，母亲处理的方式恒常不变，首先，书包放下，外衣脱掉，接着，到厅里面向墙壁站好，接着，母亲问清楚事情，接着，打，哭出声一定不准吃饭，连锅底饭粑都不准吃，接着，母亲叫大姐来替我擦药草汁，接着，她躲到内房里去哭。

母亲命不好，但是好面子，我虽是家中最常被打疼的小坏人，却也是最被母亲疼惜的大将才，我四岁就会画福禄寿三公像，7岁时写的字就比读高中的六叔还漂亮，唱歌、考试、作文等等比赛的奖状多得贴满墙壁。母亲对我有厚望，期盼我为她争面子，她打疼我之后，通常隔几天就会对我说："盛也，枉费阿母疼你啊！"

我也是个会心疼的人啊，终于，我立定决心不再"行走江湖"，收拾起那份"称雄武林"的少年野心，认真学习，从此各学科成绩都很好，英文、数学除外。并且我喜欢上文学，经常练习写作，后来考上中文系毕业后正式从事文学创作，如今已成为"作家"。母亲不知道"作家"到底是什么，兄姐乡亲们每每拿我的文章、访谈给她看，她就很高兴，还经常将访谈上的照片带在身上，见到亲友便取出告人："你看，这是我那个第四的。"我在兄弟中行四。

四年多前，我儿出世，转眼善跑善跳善言语。日前携他返乡，母亲大开欢颜，与孙子交谈不休。我静坐一旁，忽闻祖孙二人以闽语对话如下："乖孙也，欲吃饭否？""未饿啦！阿奶上次打我的手，阿奶不爱我，我不吃。"我抬头看母亲，母亲哈哈大笑道："憨孙，奶当然真疼你啊！"不知怎地，当时突然间我脑中想起明末那个为国尽忠却从未自夸什么似海如山的沈百五。

真爱不用嘴，真爱也是无法用语言表达的。浓浓的母爱不在嘴上，而在心底，在生活的各个角落。

骚扰电话

勇 军

单位分了一套新房，我们一家三口欢天喜地搬了进去，留下老母一人仍孤零零待在旧房里。

也曾想与老母一同搬进新房，可妻子早就与老母闹矛盾，儿子也不愿与唠叨的奶奶在一起，只好作罢，只哄说今后每星期一定来看妈。

我们的心情随着新房明快起来，生活充满了欢歌笑语，记忆中的老房子渐渐生疏模糊起来，也懒得再去走动。

一天，我从外地出差回来，妻子告诉我说家里经常有莫名其妙的电话打来，刚一接对方马上就挂断了，感到十分奇怪。我说如今城里有些青年闲得无聊，专爱听女人声音求刺激，骚扰别人，你莫管他。可不久我也接连不断接到此类电话，有时夜深人静伏案写作，电话铃响了，刚一声“喂”，对方顿了一下，马上就挂断了，弄得我灵感顿失，有时忍不住一通臭骂。

一个星期天，一家人忙着准备晚饭，我备好钱正准备下楼买酱油，电话铃又响了，顿了一下便挂断了，我十分恼火，说明天一定上邮局安置一个来电显示或防恶意呼叫功能，看到底是何人捣乱，告他个骚扰罪。气呼呼下楼时我突然见楼梯底下一个黑影猛一闪急欲出门，吃了一惊，可一见那人步履蹒跚，便一声“站住”，断住来人去路。再一看，我惊呆了：啊，是母亲！

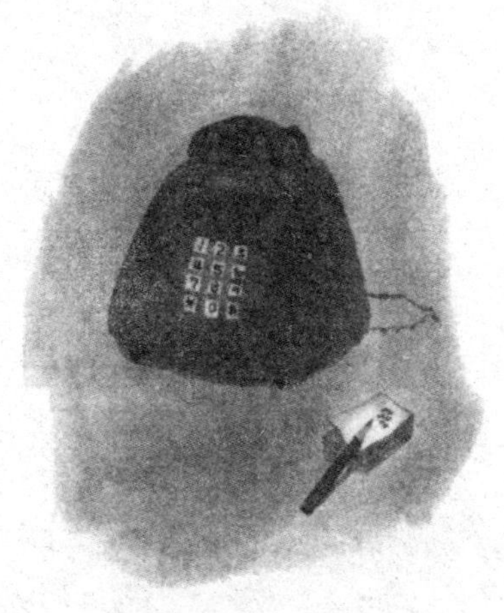

母亲一见我，赶紧低下头，说对不起，不该打此电话骚扰你们，让你下楼看我，我更奇怪了，我问母亲难道这些电话都是你打的？母亲头更低了，说有时想你们想得太厉害，可又不敢常来看你们，只好打个电话听听你们的声音，心里就踏实多了。又说偶尔几天家里电话没人接，就担心不过，想是不是家里出了事？也不来通知我一声。有时我很晚听出你仍在读书写字，真想劝你多保重身体，可你总嫌我啰唆，只好闷在心里。每个星期天，我都乘车到你家楼下，听一家三口欢声笑语，心里真比蜜甜。

我一下子什么都明白了，霎时泪水模糊了我的双眼。母亲怔怔地看着我，两行清泪也不由自主地落了下来。我紧紧拉住母亲那布满老茧的手，两人哆嗦着，一步步上楼，直到迈进那温暖的家里，仍不晓得分开。

当我们组建了自己的家庭后，切不可忘记我们那头发花白的母亲，浓浓的亲子、思子之情，是永远无法割舍的。

母亲的电话

邓　皓

我们家安上电话，对于我和妻子来说只是高兴，而对于母亲来说，却是十二分的新奇了。

母亲别说听过电话，连见都没有见过。

母亲没念过书，大半辈子待在农村，世面见得不多。住到城里来，也是拗不过我好说歹说让她到城里给我带娃儿！

母亲不喜欢城里的生活。不喜欢墙上贴的画，不喜欢花花绿绿的地，不喜欢进厕所找不到一点要上厕所的感觉。她说城里人住的房子像火柴匣子。她尤其不喜欢人与人之间门关得那么紧，心与心封闭得那么严。有一天母亲问我："对面那人家姓啥？怎么不见来往过？"我便说我也不认识呢！母亲这时候就流露出一种深深的失望和惊讶。

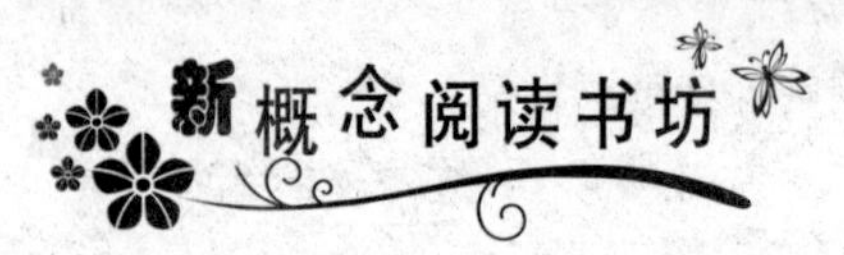

母亲极喜欢的去处便是阳台。黄昏的时候母亲就倚在阳台的一角。朝着意念中乡下的方向呆望。那时候夕阳照在母亲苍老的脸上和花白的头上，母亲便有了马致远词里的那种凄凉。

我知道母亲是孤独的。那种孤独来自它对一种生疏的幸福的无法介入。我理解母亲的孤独，但我实在不愿儿子从一种幸福里失去平衡——这时候我发现每个人在自己的母亲与儿子之间选择爱，人性会显出某种残忍。

我写字台上的那部精巧的乳白色电话，不时地鸣响。当然都只是我和妻子的电话。在电话那头出现的人，没有人认识我的母亲。我乡下的弟兄们也没条件给母亲打电话。有时候母亲也偶尔接一次电话，但往往是应上一句话后话筒便传到了我或妻子的手上。当我与人通话的时候，母亲呆呆地站立在一旁，好奇地看，然后眼里是一片旷远的失落。有一次我突然像明白了什么，当对方挂上话筒之后，我把声音提得高高的说："我母亲身体还好呢，谢谢你对我母亲的问候……"这时候，我发现母亲的眸子亮亮的，脸上的皱纹一下子舒展开来。虽然，那一瞬间母亲的孤独在我心里更浓重地弥漫开了，但我分明找到母亲在期冀什么了——就像我能懂得一只在精致的鸟笼里禁闭了许久的鸟会渴求什么一样……

那天我回单位找一位女同事，我向她讲起了我的母亲。告诉她我母亲喜欢嗑南瓜籽儿，喜欢梳那种老年人往后拢的髻髻头，喜欢听旦角儿唱的黄梅戏，还喜欢说一句口头禅："金窝银窝不如自己的穷窝。"然后我交给她我家的电话号码，告诉她我母亲很孤独。让我没想到的是：那位女同事接过我的电话号码时，眼眶里居然盈满了晶莹的泪水。

这天黄昏的时候，我家的电话铃声骤然响起，我接过一听，便急切地唤："妈。您的电话，您的电话！"

母亲闻声走过来，用一双惊喜而疑惑的眼睛望着我，讷讷地竟不敢靠前。我把听筒塞进母亲的手里，一字一顿地说："妈，您听，是您的电话！"母亲把话筒靠近耳畔，这时候我发现母亲捧着听筒的手在微微地颤抖……

我默默地退出房间，走到母亲经常呆呆伫立的阳台上，面对家乡的方向，泪流满面……

我要对你说

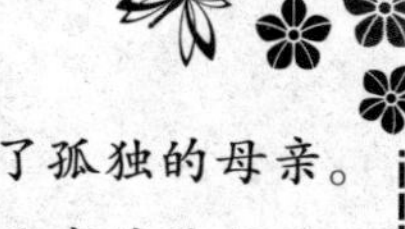

当我们沉浸在属于自己的幸福时，是否忽略了孤独的母亲。对我们的母亲多一些关怀，不仅是物质上的，更要有精神上的。让她感到我们的关爱和思念。

向儿子"要债"的母亲

张治良

说一个日本的嘲讽剧明星兼导演北原武的故事。

每每想到母亲，北原武就头疼。因为母亲总是向他要钱，所以只要他一个月没有寄钱回家，母亲就打电话对他破口大骂，像讨债一样，而且北原武越出名，母亲要钱就越凶。这使北原武百思不得其解。

几年前，母亲去世了，他回故乡奔丧。一回到家，想到自己多年在外，没有好好照顾母亲，真的亏待了老母，不禁悲从中来。母亲虽然老要钱，不过养育之恩比海更深，北原武也就将母亲要钱的事抛到九霄云外，号啕大哭了一场。

“妈妈……妈妈……”北原武哭得比谁都伤心。

办完丧事，北原武正要离开家的时候，他的大哥把一个包袱给了他，对他说：妈妈交代我一定要交给你。北原武伤心地打开小包袱，看到一本银行存折和一封信。

小武，你收到这封信的时候，妈妈已经不能在你身边了。你们几个兄弟姐妹当中，妈妈最忧心的就是你。你从小不爱念书，又爱乱花钱，对朋友太过慷慨，不懂理财。当你说要去东京打拼时，我每天都很担心你。有时半夜惊醒，向神明为你祈福，怕你在东京变成一个落魄的流浪汉，因此我每月向你要钱。一方面希望可以刺激你去赚更多的钱，另一方面也为了储蓄。

我知道，为了这些钱，你讨厌我了，不经常回来看我，我多么痛心……你过去给我的钱，我现在要还给你……儿子啊，我多么希望能够亲手交给你这些钱啊！

你的母亲

存款是用北原武的名义开的户头，存款高达数千万日元。看完了信，北原武哭倒在地上，高喊妈妈，妈妈……

母爱是世上最无私的爱，母亲往往用最含蓄、最深沉的方式爱着她的儿女。当有一天，儿女们看懂隐藏在母亲那最平淡不过的表情下的心时，才会了解那爱有多深。

替我叫一声妈妈

盒　子

大木被抓起来的时候他哭了。

大木不是为自己哭，大木是为他的母亲哭。大木说，自己守寡的母亲就自己这么一个儿子，自己坐牢，母亲谁来照料呀？大木说到这，就捶胸顿足，悔不当初，一张脸哭得像泛滥的河。

大木被抓那天，母亲没有哭，只是在大木真的要被带走的时候。母亲突然扑通一下给警察们跪下，堵在了门口。

但大木还是被带走了。大木被塞进警车的一刹那，还回头哭嚷着："妈——你没儿子了！"这喊声像鞭子一样抽着母亲的心。

大木被带走后，母亲就去看大木，可每次母亲都看不到。在看守所的大门外，母亲对看守所的警察说："我想看看我的儿子大木。"警察说现在还不能看。母亲说："那啥时候能看呢？"警察说再等些时候。母亲就在看守所的高墙外绕啊绕，绕啊绕，泪水在看守所的高墙外湿了一地。结果不到三天，母亲的眼就瞎了。

大木不知道。瞎了的母亲每天只能在看守所的高墙外摸索着绕啊绕，绕啊绕，天黑了都不晓得。

后来，有人对母亲说，在看守所放风的时候，爬上看守所旁边的小山坡，就可以看见大木了。母亲信以为真。

母亲终于找到了那个小山坡。母亲刚爬上山坡，她就感觉到山坡下有很多人，她坚信儿子大木就在里面。母亲在山坡上摸索了一块平整的地方坐好，就激动地开始一边哭一边喊道："大木——大木——你在哪儿？妈来看你了！大木——大木——你在哪儿？妈来看你了！……"也不知母亲喊了多少遍。就在母亲流不出泪喊不出声的时候，突然，从山坡下传来一阵喊声——大木跪在人群中，拼命地磕着头，并撕心裂肺地喊着，不停地喊着。

原来，在山坡下放风的大木真的发现了母亲。母亲一听到大木的声音，就颤抖着站了起来，唤得更勤，一双手摸向远方，平举得像一把飞翔的梯。

母子呼应的场面，让所有在场的人都刻骨铭心，也让所有人的那面心灵之旗，在泣然中露出悔恨。

就这样，一天又一天，一月又一月。母亲都准时地在大木放风的时候坐在山坡上，大木也都在山坡下举着手臂对着山坡不停地挥着、喊着。大木不知道母亲根本看不见他挥手，母亲也不知道山坡下的人，哪一个是她的儿子大木。

大木在看守所被看押了一年后，就要被执行枪决了。大木被判的是死刑，缓期一年执行。大木即将在一声枪响之后，结束他因罪恶而不能延续的生命。

大木临赴刑场那天，哭着对同监舍的人说："你们也知道，我妈妈每天都要到对面的小山坡上呼唤我的名字，风雨无阻！她的眼睛瞎了，听不到我的声音她会哭的，所以我走了后，你们谁听到，都要替我叫一声'妈'！"大木说完后就泪流如注了。

监友们听后，都点着头哭了。

那是一个风雨交加的晚上，母亲又要到山坡上看大木。所有人都劝母亲不要去了，可母亲坚持要去，说大木还等着她呢，说见不到她大木会难过的，说见不到她大木会难熬的。于是，母亲就蹒跚着走进雨中。

路上，雨越下越大。

等母亲艰难地爬上山坡的时候，她的衣服鞋子全湿透了，浑身都水淋淋的。可母亲却无比高兴。母亲整理好雨披就坐在山坡上开始无限怜爱地喊着：“大木——大木——妈又来看你来了！大木——大木——妈又来看你来了……”

母亲的喊声在空旷的山坡上回旋着，荡漾着，像一片无际的森林，在肆意吞吐着表情深处泣血的呼吸。

风一直刮，雨一直下。

其实，母亲看不到，山坡下已经没有了她的儿子大木。

其实，母亲看不到，就在此刻，山坡下有 274 名犯人正在雨中，朝她深深鞠着 90 度的躬。

母亲对儿子的爱不因他的身份而改变，即使不能相见，也要用声音传递一份关爱。母亲爱的呼喊可以唤醒儿子的良知。而做儿子的，不管怎样，都要对得起这份爱。

看不见的礼物

贝尔纳迪诺·皮涅拉·卡瓦略

7 岁的托马斯和妈妈一起生活，他们住在苏格兰北部一座小城的一间小房子里，妈妈是个穷裁缝。圣诞前夜，小托马斯躺在床上焦急地等待着圣诞老人的到来。按照习惯，他在壁炉边挂了一个大羊毛袜子，希望第二天早上能看到袜子里装满了礼物。

但妈妈没钱给他买礼物。为了不让他失望，妈妈对他说，有些礼物是看得见的，能用钱买得到；有些礼物——比如妈妈的爱——是看不见的，既不能买也不能卖，人们看不到它，但它却能使人非常幸福。

第二天，托马斯醒来后，跑到壁炉旁，看到袜子里空空如也。他激动地拿起袜子，对妈妈说："里面装满了看不见的礼物！"

当天下午，托马斯来到教堂前和小朋友们玩，孩子们都骄傲地展示着自己得到的礼物。有人问他："圣诞老人给你带来了什么？"托马斯高兴地举起那只空袜子说："他给我带来了看不见的礼物！"孩子哄笑起来，但他并不在乎。

平时娇生惯养的小男孩费德里科得到了最好的礼物，可他并不开心。孩子们笑话他那辆漂亮的脚踏车不能倒着走，他一怒之下把车给毁坏了。

费德里科的爸爸很苦恼，他不明白怎样才能让儿子高兴起来，这时他看到了坐在角落里的托马斯拿着那个空袜子还兴高采烈，于是，他问托马斯："圣诞老人给你带来了什么?"

"是看不见的礼物。"托马斯补充，"是看不见、买不到、也不能卖的东西，就像妈妈的爱。"

费德里科的爸爸明白了，那么多看得见的、昂贵的礼物都无法换来儿子的快乐，而托马斯的妈妈却让托马斯发现了通向幸福的路。

我要对你说

金钱不能买来一切，比如快乐和爱。托马斯的妈妈深深懂得这一点。对任何一个孩子来说，妈妈的爱都应该是最好的礼物。

母亲的记性

莫小米

某城市报纸的编辑部收到一封言辞恳切的信，是一位母亲写来的。30 年前这位母亲因家庭贫困将亲生女儿送了人，而最近，她想见一见孩子的念头愈来愈强烈，便想到了媒体。“能通过你们寻找我的女儿吗？我没有任何要求，就想见一见她。”信中附了女儿小时候的照片。

对此编辑部意见不一，骨肉团聚自然是好事，但又怕扰乱了另一个原本平静的家庭。这时，有位中年女编辑讲了一段故事——

那是一个很普通的、爱唠叨的女人，甚至她唠叨的内容也平淡无奇。她有个女儿，她总是不厌其烦地述说着生养女儿的种种细节：

你们知道我怀孕那时，反应可比谁都重哪，一动就要吐，一动就要吐的呀。医生让我在床上躺着，奖金都扣了好几个月呢……

快要生了，医生说胎位不正，小家伙头不肯掉过去，犟脾气从小就有呢……

难产，当然是难产啦。痛得我要死要活，又是大热天，人像从水里捞出来一样……

是的呀，我生这孩子时年纪已经不轻了，现在老是腰酸，就是那时落下的……

这类话永远有人听，尤其是快做母亲的女人；这类话永远有人说，毕竟做母亲的过程刻骨铭心。但有些人随着岁月流逝，孩子长大渐渐也就少说或不说了，只有那个女人一直兴趣盎然地说着说着，熟悉她的人发现她越说越详尽，越说越枝繁叶茂了。有人说她记性可真好啊。

说穿真相是残酷的，所以周围几个知情人很默契地从来也不去点破她。事实是，那个女儿是她抱养的，她从未生育。

女编辑讲完后补充一句：这可是真事儿。

已经写好的寻人稿件被暂时压了下来……

我要对你说

一个没有做过母亲的女人是不完整的，文中的“母亲”用谎言来弥补她的不完整，这种谎言让人心痛，更让人震撼，是母爱的魅力让她有了这样的记忆力，也是母爱这种本能让她对生育女儿有了如此多的幻想。

头朝下的逃生者

方冠晴

这是2004年冬天发生在我们县城的一件真实的事情。

一天早晨，城西老街一幢居民楼起了火。这房子建于20世纪40年代，砖木结构，木楼梯、木门窗、木地板，一烧就着。顷刻间，整幢楼都被火海包围了。

居民们纷纷往外逃命，才逃出一半人时，木质楼梯就轰的一声被烧塌了。楼上还有9个居民没来得及逃出来。下楼的通道没有了，在烈火和浓烟的淫威下，这些人只有跑向这幢楼的最顶层四楼。这也是目前唯一没被大火烧着的地方。

9个人挤在四楼的护栏边向下呼救。消防队赶来了，但让消防队员束手无策的是，这片老住宅区巷子太窄小，消防车和云梯车都开不进来。灭火工作一时受阻。

眼看大火一点一点地向四楼蔓延，消防队长当机立断：先救出被困的居民！没有云梯车，他只有命令消防队员带着绳子攀壁上楼，打算让他们用绳子将被困的人一个一个地吊下来。

两个消防队员遵命向楼上攀爬，但才爬到二楼，他俩借以攀抓的木椽被烧断了，两个人双双掉了下来。没有了木椽，就没有了附着点，徒手是很难爬上去的。就在这时，底层用以支撑整幢楼的粗木柱被烧得咯吱咯吱响，只要木柱一断，整幢楼就有倾塌的危险。

什么样的救援都来不及了，现在被困的人唯一能做的，就是自己救自己了。

没有时间去准备，消防队长只好随手抓过逃出来的一个居民披在身上的旧毛毯，摊开，让手下几个人拉着，然后大声地冲楼上喊：“跳！一个一个地往下跳，往毛毯上跳！背部着地！”为了安全起见，他亲自示范，做着类似于背跃式跳高的动作。只有背部着地，才是最安全的，而且毛毯太旧，背部着地受力面大些，毛毯才不容易被撞破。

站在四楼护栏最前面的，是一个穿着大衣的妇女。无论队长怎么喊叫，她就是不敢跳，一直犹豫着。她不跳，后面的人也没法跳，而每耽搁一秒，危险就增大一分，楼下的人急得直跺脚，只得冲楼上喊：“你不敢跳就先让别人跳，看看别人是怎么跳的。”

那妇女让开了。一个男人来到了护栏边，在众人的鼓励下，他跳了下来，动作没有队长示范的那么规范，但总算是屁股着地，落在毛毯上，毫发无伤。队长再次示范，提醒大家跳的方式。接着，第二个人跳下来了，动作规范了许多，安全！

第三个，第四个……第八个，都跳下来了，动作一个比一个到位，都是背部着地，落在毛毯上，什么事也没有。

楼上只剩下一个人了，就是那个穿大衣的女人，可她仍在犹豫。楼下的人快急疯了，拼命地催促她。终于，她下定了决心。跨过护栏，弯下腰来，头朝下，摆了个跳水运动员跳水的姿势。

队长吓了一跳，这样跳下来哪还有命在？他吼了起来：“背朝下！”但那女人毫不理会，头朝下，笔直地坠了下来。所有人的心都提到了嗓子眼上，只见她像一发炮弹般笔直地撞向毯子，也许是受力面太小的缘故，毯子不堪撞击，嗤的一声破了，她的头穿过毯子，撞到了地面上。

“怎么这么笨啊？前面有那么多人跳了，你学也应该学会了嘛！”队长慌忙奔了过去，他看到，那女人头上鲜血淋漓，已是气息奄奄。女人苍白的脸上露出了一点笑意，她抚了抚自己的肚子，有气无力地说：“我只有这样跳，才不会……伤到我的……孩子。”

队长这才看出，这女人是个孕妇。

女人断断续续地说："如果我不行了，让医生取出我肚子里的……孩子，已经……9个月了……我没……伤着他，能活……"

顿时所有的人肃然起敬，人们这才明白，这女人为什么犹豫，为什么选择这么笨的方式跳下来。她犹豫，是因为她不知道怎样跳才不会伤到孩子。选择头朝下的方式跳下来，对她来说最危险，对她肚子里的孩子来说最安全！

把最危险的留给自己，把最安全的交给孩子，这就是天底下的母亲时刻在作或者准备作的选择。

我要对你说

危难时刻，母亲把危险留给了自己，为的是那个还未出世的孩子。面对令人崇仰和令人感动的母爱，怎能不让我们敬畏生命，更多地爱我们的母亲呢？就像冰心老人在文章中写的那样，无论风吹雨打，母亲永远像莲叶，保护着如花朵般娇嫩的孩子。

爱之链

刘宗亚

那天傍晚，他驾车回家。在这个美国中西部的小社区里，要找一份工作是非常困难的，但他一直没有放弃。冬天迫近，寒冷终于撞击家门了。

一路上冷冷清清，除非离开这里，一般人不走这条路。他的朋友们大多已经远走他乡，他们要养家糊口，要实现自己的梦想。然而，他留下来了。这儿毕竟是他父母长眠的地方，他生于此，长于此，熟悉这儿的一草一木。

天开始黑下来，还飘起了小雪，他得抓紧赶路。

他差点儿错过那个车子抛锚的老太太。他看出老太太需要帮助，于是将车开到老太太的奔驰车前。

虽然他面带微笑，但她还是有些担心。一个多小时了，也没有人停下来帮她。他会伤害她吗？他看上去穷困潦倒，饥肠辘辘，不那么让人放心。看到老太太有些害怕，站在寒风中一动不动，他知道她是怎么想的。“我是来帮助您的，老妈妈，您为什么不到车里暖和暖和呢？顺便告诉您，我叫乔。”他说。

她遇到的麻烦不过是车胎瘪了，乔爬到车下面，找了个地方安上千斤顶，帮助她换车胎。结果，他弄得浑身脏兮兮的，还伤了手。当他拧紧最后一个螺母时，她摇下车窗，开始和他聊天。她说，她从圣路易斯来，只是路过这儿，对他的帮助感激不尽。乔只是笑了笑，帮她关上后备箱。

她问该付他多少钱，出多少钱她都愿意。乔却没有想到钱，这对他来说只是帮助需要帮助的人，上帝知道过去在他需要帮助时有多少人曾经帮助过他。他说，如果她真想答谢他，就请她下次遇到需要帮助的人，也给予帮助，并且“想起我”。

他看着老太太发动汽车上路了。尽管天气寒冷得令人抑郁，但他在回家的路上却很高兴。

沿着这条路行驶了几英里，老太太来到一家小咖啡馆。她想吃点儿东西，驱驱寒气，再继续赶路回家。

女侍者走过来，递给她一条干净的毛巾。她面带甜甜的微笑，尽管已有很明显的身孕，但服务仍然热情而体贴。

老太太吃完饭，拿出 100 美元付账，女侍者拿着这 100 美元去找零钱。老太太却悄悄出了门。当女侍者拿着零钱回来时，老太太已经不见了，这时她注意到餐巾上有字。上面写着：“你不欠我什么。有人曾经帮助过我，就像我现在帮助你一样。如果你真想回报我，就请不要让爱之链在你这儿中断。”

她下班回到家，躺在床上，心里还在想着那钱和老太太写的话，老太太怎么知道她和丈夫那么需要这笔钱呢？孩子快要出生了，生活将会很艰难，她知道丈夫心里是多么焦急。当他躺到她旁边时，她给了他一个温柔的吻，轻声说：“一切都会好的。我爱你，乔。”

我要对你说

爱能够传递，能够相互感染，它是一种奇迹，它从你这里出发，由你递给一个人，再由这个人传给另一个人，就这样一个人一个人地传递下去，说不准这份爱什么时候又会回到你这里。就是这样的循环往复，才使爱的火苗经久不熄、绵延不尽，温暖着每个人的心。

母亲与麦子

阿　青

自十多年前到市里工作以来，每年麦收之后，母亲都要送五袋麦子给我。因为不通公共汽车，每次都由母亲赶牛车行几十里山路，寄放在县城的亲戚家里，然后再请人写信告诉我。我常常搭顺车取走这些麦子。

最初几年，这些粮食还真起了不小的作用。首先是大半年的口粮不用犯愁了，关键时刻还可以拿到集市上换点救急钱。后来，随着我经济状况的好转，这些粮食就变得无足轻重了。可这始终是母亲的一大心事，见没拉走，就又托人写信催促我，提醒莫再耽搁。

这几年，我更没把这些粮食当回事儿，打个电话让亲戚代为贱卖了事，图快。

今年麦收之后，回村正赶上母亲整理粮食。我发现，母亲所用的钢筛网眼特大，不大饱满的麦粒都被筛掉。我不解地望着母亲，母亲笑着说："这样才能磨出最白、最筋道的面粉哟！"我想说："为这点粮食忙来忙去的，不值得。"可话到嘴边却又改成："城里粮食吃不完呢！"

母亲似乎懂了我的意思，慢慢地说道："可除了这些我还能给你什么呢，孩子……"

秋分时节，正是家乡种麦之时，为到老家的院里搞点鲜枣、柿子等土特产尝鲜，我特意驾车回村一趟。

母亲的承包地就在大路旁，透过弥漫的路尘，远远的，我就看见了母亲熟悉的身影。

此时的母亲，正为待播的土地撒底肥。到底是年近古稀的人了，行走已不甚方便，这从她磕磕绊绊的脚步中看得出来。我有些等不及了，高声喊母亲歇会儿。

母亲艰难地直起腰，仰脸朝我打量了一会儿，说："知道了。"之后还隐隐听她对我叮咛着什么，好像是不让我下地，怕脏了我的衣服。我感到脸上一阵火辣辣的，母亲不知道我心里并没有想帮她一把的意思，让她歇会儿，无非是想早点儿回来，摘下院中的那些土特产。

母亲走近了，我蓦地发现，她装肥料用的篮子是用一根带子挂在脖子上的。我想起母亲左臂早年受过伤，稍稍劳累就痛得抬不起来，可人的脖子能承受多大的重量！

母亲离地头只有十几步时，一屁股坐了下去，以自己为轴心把肥料均匀地撒向四周，然后，再往前移一段……待最后的一片土地撒上了肥料，母亲便头枕着草丛斜躺了下来，她急促地喘息着，浑身瘫软得如同断了腰绳的麦捆。

此时，恰遇风起，夹裹着草屑与浮土，母亲的白发便与干枯的野草一同飘卷起来。我突然发现，曾养育了我们兄妹五人的母亲，竟是这么孱弱，仿佛风再大点儿就能把她吹走，可她在垂暮之年，依旧无怨无悔

竭尽全力地忙碌着……

在母亲的土炕上住了一晚。第二天，我没去打枣，也没去摘核桃、柿子，扫过院子，担满水缸，我又扛起铁锹去了地里。

不知不觉天已黑了，刚进家门，我发现地上立着好多粮袋，母亲正哆哆嗦嗦地为每个口袋系绳。她解释说："麦子全拾掇好了，反正有车，就把我明年的'任务'也提前交了吧！"我不由得发愣，母亲笑笑，很平静地说："像妈这把年纪，今夜脱掉的鞋，不知道明早还能不能穿上，过一天就少一天喽……"

一时间，我热泪奔涌。我极力压住哽咽，对母亲说："我一定会颗粒不失地把这些粮食带走，我会好好善待它们的，妈……"

我要对你说

母爱的赠予可以说无所不包，让我们爱在其中，深深地感动。文中那一句"可除了这些我还能给你什么呢，孩子……"表达出了母亲对"我"的爱，结尾母亲平静的话语再次让我们体会到母爱的无私、伟大！

一位打错电话的母亲

唐黎标

大年初一，我早早地起了床，煮好汤圆，等待妻子和孩子一起吃新年的第一餐。

“丁零零——”一阵电话铃声，我拿起话筒，电话里传来一位老年妇女的声音：“孩子……”

是妈妈打来的电话？我在想。但声音不太像，可电话那头却开始说个不停：“你说年三十回来的，害得你爸昨天整个下午都心神不定，好几趟到村口接你们，直到天黑透了，也没有见到你们的影子，只有我和你爸两个人大眼瞪小眼，冷冷清清地守着一桌菜，吃得没滋没味。昨儿一夜，你爸总是一个劲地叹气……”

电话里的声音有些哽咽。我看了一下显示屏，知道这是一个打错了的电话。挂断后，我记下了显示屏上的电话号码，心里沉甸甸的。

我的父母也都七十多岁了，退休后一直住在乡下老家。平时，我们在城里忙这忙那，也难得回家。有时回去一次，老人高兴得像过节似的。每次走时，都送我们到村口，直到看不见我们的背影才依依不舍地回去。老人们为子女含辛茹苦一辈子，即使子女们成家立业，一个个离巢而去，仍割不断他们对儿女的爱和情思。可是，子女的心中又能有多少老人的位置？在千家万户喜团圆的除夕之夜，他们一定也会像电话里那位望眼欲穿盼儿归的老人一样，正等着我们回家呢！我突然做出决定，对儿子说：“我们今天不去逛街、看电影了，现在就买车票，回乡下看你爷爷奶奶。”

半个月过去了。那天，我又想起那位打错电话的“母亲”，她惦念的儿子不知回家了没有。

于是，按照那天的号码，我拨了个电话过去。接电话的是一位男子，他听明白了我的意思后，沉默了好一会儿，突然抽泣起来。原来他就是那位母亲的儿子，他的母亲因心脏病发作去世了，他是赶回家办理丧事的。

电话里，他难过地告诉我，他母亲临死前，不断地呼唤着他的名字。待他匆忙地赶回家，没有能和她说上一句话，她就带着无尽的遗憾走了。

“你春节为什么不回去看看他们?”我问。

“我在城里经营着一家超市，原本打算回家过节的，可是那几天生意特别好，因为忙，就没回来。谁知道妈妈就这样走了……想起来，我好悔恨呀!”

这位儿子悲怆地自责，使我唏嘘不已。

人的一生中，事总忙不完，但报答亲情的机会却是有限的，一旦失去这种机会，那岂不是一辈子的痛苦和遗憾?

让我们多创造一些团聚的机会，多给老人一些亲情的抚慰吧！过节时，还是应该多回家看看!

我要对你说

读完此文，让人不禁想起了电视公益广告中那位等着儿女吃团圆饭的孤独老人的身影。很多时候，我们总以为回报亲情来日方长，直到“子欲养而亲不待”之时，方明白：爱父母，其实刻不容缓。

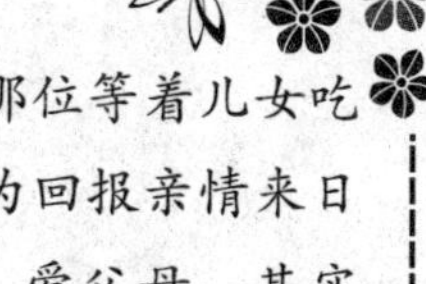

世界上最好的手

绿　叶

三年前，我和父亲一起旅游。中午的时候，我们来到一个山间小镇，走进一个小吃店吃饭。

店里人挺多。我们看到一张桌旁坐着一个年轻的母亲，她打扮得很整齐，抱着孩子，身边还有个包。我走过去，问："我们可以坐这儿吗？"

她微笑着点点头。

那个母亲哄着孩子，一边笑，一边给孩子喂饭。孩子约有两三岁大，很可爱，张大嘴巴等着妈妈用勺子喂。

我在一旁，好像感觉到有点儿异样。对，是那个母亲的动作。

她把孩子放在右腿上，双手抱着，然后，用嘴咬着勺子的一端，很熟练地低头在她的盘子里舀菜，再喂到孩子的嘴里。开始，我以为她在逗孩子玩，但她那麻利的动作，告诉我另有原因。我不好意思直接问，便低头吃饭，偶尔抬眼观察那母子俩。我发现，年轻母亲的双手好像没有问题。

父亲大概也发现了这个年轻母亲的奇怪举动，便和她攀谈起来。突然，我发现了一个让我吃惊的事：那孩子的两只袖管是空的。我偷偷拉一下父亲的衣角，她大概感觉到了，继续那样喂着孩子，也不看我们，只是看着孩子的脸，平静地说："是几个月前的一场意外。"

她没说是什么意外，只是说孩子的爸爸已经离开家乡，去浙江打工，为的是赶快存点钱，为孩子装一双"世界上最好的假手"。

"要世界上最好的。"她又喃喃地重复了一遍。

我终于忍不住问道："那么，你为什么要用嘴咬着勺子喂孩子吃饭呢?"

她解释道："孩子失去双手时，还不记事。他还不知道将来的艰难。但是，他这一辈子注定了要用假肢、要用嘴和双脚来代替自己的双手。我是他妈妈，不能让他现在就感到痛苦。我要让他和所有的孩子一样开心。我要让他知道，妈妈也是用嘴做事的。开始我不熟，慢慢地就会了。孩子天天跟我在一起，看着我，就会模仿的。只要我在孩子面前，就尽量用嘴做事。现在，他可以用嘴做好多事了。"

"我要好好保护他的牙齿。"她一面说着，一面开始收拾。我看着她熟练地抱着孩子，轻轻地放进一个小车里，然后，用嘴收拾着桌子，

把一些杂物放进一个开口的包里，用牙一拉带子，带子越过头顶，包挎在了肩上。

她跟孩子说："跟爷爷和阿姨说拜拜。"孩子摇晃着小脑袋，咿呀着说："拜拜。"她继续和孩子说着话，转身出了店门。

看着母子俩快乐的背影，我一直在想，一个很普通的母亲，竟会如此伟大。

我要对你说

母亲用自己的行动教会孩子如何独立生活，让他慢慢懂得自尊、自强。虽然这是一条漫长的道路，但有了母亲的陪伴，孩子会一步一个脚印，走得快乐而坚定。

因为您，我无法沉沦

生活需要度量，度量就是忍耐，度量就是忘却。以自己宽阔的度量，换取他人的敬仰，将永远是一种人格的力量。

父亲的收藏

张克奇

父亲躬耕于偏僻乡野，却喜欢收藏书籍。

父亲的藏书内容丰富，五花八门。他的书起初是用一个纸箱子装着的，后来用上了大木头箱子，到现在已收藏了满满8大箱。由于藏书太多，他不得不在原本狭小的房子里单独设置了一间小书屋。

父亲喜欢藏书，却很少读它们。只是每隔一段时间，他就把书籍认真整理一遍。父亲说：虽然很多内容看也看不懂，但只用手摸摸也觉得很满足。真是应了一位作家所说的“抚摩也是一种阅读”。

父亲的藏书曾让不少走街串巷收破烂的人垂涎不已，但每次都被父亲板着的面孔堵了回去。他们一走，父亲便急急地走进书屋，细细地把书检阅一遍，好像那些收破烂的都长着许多无形的手，一进院子就能偷走什么东西似的。嘴里还不住地嘟囔：书是人的才气之所在，把书卖了，不就是等于把人的才气给卖掉了！其实，父亲的藏书，只不过是我们兄妹几个用过的课本，以及我们随读随扔的一些杂志。

逢年过节，我们几只出笼的小鸟一起飞回家中，父亲总要在酒足饭饱之后让我们陪他一起整理那些书籍。目睹它们，我们仿佛又回到了遥远的从前，书上密密麻麻的笔记，真实地记录着我们曾经的努力和奋斗。用心良苦的父亲，您收藏的，哪里是书籍，分明是我们成长的足迹啊！

时间如白驹过隙，父亲收藏着子女用过的书籍，借此来保存难忘的岁月。父爱是一种不可磨灭的真挚的情感，它是用心熔炼的爱的精华，渗透着对子女的关切与爱怜。

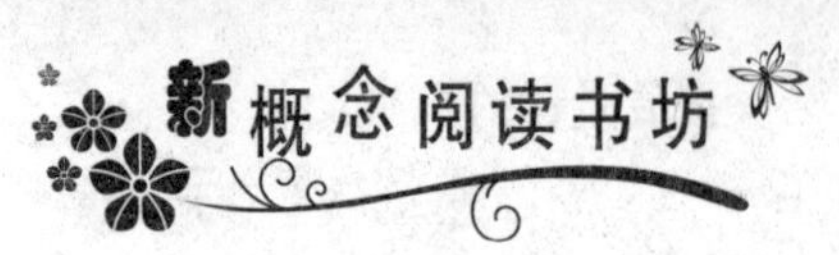

父亲的自行车

余 杰

有人说，10 岁的小孩子崇拜父亲，20 岁的青年人鄙视父亲，40 岁的中年人怜悯父亲。然而，对我来说，这个世界上父亲是唯一值得一辈子崇拜的人。

父亲是建筑师，工地上所有的工人都怕他，沙子与水泥的比例有一点差错也会招来父亲的痛斥。然而，父亲在家里永远是慈爱的，他的好脾气甚至超过了母亲。在县城里，父亲的自行车人人皆知，每天早晚，他风雨无阻地骑着“吱吱嘎嘎”的破车接送我和弟弟上下学。那时，我和弟弟总手拉着手跑出校门，一眼就看见站在破自行车旁穿着蓝色旧中山服焦急地张望着的父亲。一路上，两个小家伙叽叽喳喳地说个不停，而父亲一直能一心二用，一边乐滋滋地听着，一边小心翼翼地避过路上数不清的坑坑洼洼。等到我上了初中，父亲的车上便少了一个孩子；等到弟弟也上了初中，父亲便省去了一天两趟的奔波。可父亲似乎有些怅然若失，儿子毕竟一天天长大了。

收到大学录取通知书的那天，我兴奋得睡不着觉。半夜听见客厅里有动静，起床看，原来是父亲，他正在台灯下翻看一本发黄的相册。看见我，父亲微微一笑，指着一张打篮球的照片说：“这是我刚上大学时照的！”照片上，父亲生龙活虎，眼睛炯炯有神，好一个英俊的小伙子！此刻，站在父亲身后的我却蓦然发现，父亲的脑后已有好些白发了。父亲一出世便失去了自己的父亲，惨痛的经历使他深

刻地意识到父亲对儿子的重要性。因此，在他的生活里，除了工作便是妻儿，他不吸烟不喝酒，不钓鱼不养花，在办公室与家的两点一线间，生活得有滋有味。辅导儿子的学习是他最大的乐趣，每天的家庭作业父亲都要一道道地检查，认认真真地签上家长意见，每次家长会上他都被老师称赞为“最称职的家长”。母亲告诉我一件往事：我刚一岁的时候，一次急病差点夺去了我的生命。远在千里之外矿区工作的父亲接到电报时，末班车已开走了，他跋山涉水徒步走了一夜的山路，然后冒险攀上一列运煤的火车，再搭乘老乡的拖拉机，终于在第二天傍晚奇迹般地赶回了小城。满脸汗水和灰土的父亲把已经转危为安的我抱在怀里，几滴泪水落到我的脸上，我哇哇地哭了。“那些山路，全是悬崖绝壁，想起来也有些后怕。”许多年后，父亲这样淡淡地提了一句。

父亲是个不善于表达感情的人，与父亲在一起，沉默的时候居多，我却能感觉出自己那与父亲息息相通的心跳。离家后收到父亲的第一封信，信里有一句似乎很伤感的话：“还记得那辆破自行车吗？你走了以后，我到后院杂物堆里去找，却锈成一堆废铁了。”我想了许久，在一个阳光灿烂的早晨给父亲回信：“爸，别担心，那辆车每天晚上都在我的梦里出现呢。我坐在后面，弟弟坐在前面，您把车轮蹬得飞快……”

我要对你说

父亲的自行车是破的，但他的爱每天都是新的。那辆破旧的自行车载满了父亲对儿子浓浓的爱。岁月的流逝是无情的，但父亲与儿子间的深情却永远也不会褪色。

爱是一种支撑

林 强

第二次世界大战期间，在逃难的人流中，一位母亲带着她三岁的孩子，随着人流向远方走去。这位母亲把最后一点儿干粮磨碎，喂给孩子吃，看着孩子瘦弱的小脸，禁不住落下泪来。她知道，自己已经两天没吃什么东西了，半个月的饥寒交迫，令她的身体极为虚弱。她怕自己支撑不住，最后孩子也无法活命。想来想去，这位母亲抱着孩子走到一位逃难的人面前。这个人，是她家以前的邻居，是个医生，为人非常善良，她知道，如果现在把孩子托付给他，他一定会把孩子养大成人。

“我一辈子感激你，”母亲给这位邻居跪下了，“请你带着我的孩子一起逃命。”

“不，我不能答应你。”邻居为她和孩子简单地检查了身体状况后，

拒绝了她，“我的事情已经够麻烦了，我帮不了你的忙。”

母亲只好抱着孩子，重新上路。

一路上，不停地有人倒在路边，再也起不来了。可是，这位母亲却奇迹般的带着孩子，穿过边境线，住进了难民营。这位母亲之所以能坚持下来，是因为她知道，如果她也无法保护孩子，就没有人能够帮她把孩子养大成人。

在难民营里，她又遇到了那位邻居。

“你和孩子都需要支撑。”那位邻居说，“只有你们互相支持，才能母子平安。”

这位母亲此时才明白了邻居的好心。

爱是一种支撑。

爱，支撑了母亲和孩子的生命。

对孩子的教育也是如此。

如果爱能够支撑起一个希望，那么，爱又有什么无法支撑？

我要对你说

阿基米德曾说过：“给我一个支点，我可以撬动地球。”如果爱在我们每个人的心中都是一个支撑点的话，那我们又有什么不能撬动的呢？用爱去撑起你的世界，你就会发现，其实只要有爱，就有美好的一切！

纸钢琴

乐 靓

女儿酷爱音乐。

每天清晨，当对面阳台上响起琴声时，她便痴痴地趴在阳台上静静地聆听。她多想有一架自己的钢琴……不，不，哪怕能摸一摸，坐上去弹一次也好啊！

一天，父亲来到阳台，看到女儿趴在阳台上，十指在阳台上跳跃着，父亲便有了一桩心事。

女儿从没见过父亲买一件像样的衣服，穿在他身上的总是洗得发白的工作服。女儿知道应该铆足劲儿学习。她想，将来一定要考上音乐学

院，那样，就可以天天弹钢琴了。

父亲似乎比以前忙了许多，每天很早出去，很晚回来，裹着满身泥灰，倒头便睡。

日复一日，女儿不知父亲为何如此拼命，却知道父亲的白发她已经再也数不清了。

年复一年，5 年过去了，女儿考上了最好的高中。

父亲去银行取出了存款。一路上父亲陶醉在喜悦中，却不知道背后跟着一双邪恶的眼睛。他来到商店，走到一架钢琴前。这是一架锃亮的立式钢琴，标价：1.8 万。“够了。”他想，于是叫来售货员。当他满心欢喜地将紧攥在手里的工具包打开时，一条被刀划开的口子凝固了他的笑容。

父亲茶饭不思，一下子憔悴了。担忧笼罩着女儿的眼眸。几天后，父亲拿出一样东西：一块木板，上面贴着厚纸，画着键盘。父亲说：“爸爸没用，本来想给你买架真钢琴的……”女儿第一次看到了父亲的泪水。“爸爸！”女儿不知道发生了什么，但她什么都明白了。

她坐过去，十指轻快地跳跃在琴键上，周身沐浴着暖暖的父爱，心中响起父爱谱写的旋律，她泪流满面，如痴如醉。

虽然父亲最终没能为女儿买回那架真的钢琴，但那纸钢琴上一样凝聚着父亲对女儿深深的爱。虽然父亲虔诚的心愿最终落空，但我们看到了一位平凡的父亲永恒的爱！

天底下最伟大的父亲

里斯·纳尔松　杨柳岸　译

从记事起，布鲁斯就知道自己的父亲与众不同。父亲的右腿比左腿短，走路总是一拐一拐的，不能像其他小朋友的父亲那样，把儿子顶在头上嬉戏奔跑。父亲不上班，每天在家里的打字机上敲呀敲，一切都显得平淡无奇。布鲁斯很困惑，母亲怎么愿意嫁给这样的男人并和他很恩爱呢？母亲是个律师，有着体面的工作，长得也很好看。

小的时候，布鲁斯倒不觉得有个瘸腿的父亲有何不妥。但自从上学见了许多同学的父亲后，他开始觉得父亲有点窝囊了。他的几个好朋友的父亲都非常魁梧健壮，平日里忙于工作，节假日则常陪儿子们打棒球和橄榄球。反观自己的父亲，不但是个残疾人，没有正经的工作，有时还要对布鲁斯来一顿苦口婆心的“教导”。

像许多年轻人一样，布鲁斯喜欢打橄榄球，并因此和几位外校的橄榄球爱好者组成了一个队伍，每个周日都聚在一起玩。那个周日，和往常一样，布鲁斯和几个队友正欢快地玩着，突然来了一群打扮怪异的同龄人，要求和布鲁斯他们来一场比赛，谁赢谁就继续占用场地。这是哪门子道理？这个球场是街区的公共设施，当然是谁先来谁用。布鲁斯和同伴们正要拒绝，但见其中两个将头发染成五颜六色的少年面露凶光，摆出一副不比赛你们就甭想玩的样子。布鲁斯和同伴们平时虽然也爱热闹，有时甚至也跟人家吵吵架，但从不打架。看到来者不善，他们勉强点头同意了。

比赛结果是布鲁斯他们赢了。可恶的是，对方居然赖着不走。布鲁斯和同伴们恼火了，和一个自称头头儿的人吵了起来。吵着吵着，对方竟然动手打人。一股抑制不住的怒火像火山一样爆发了，布鲁斯和同伴们决定以牙还牙。

争斗中，不知谁用刀子把对方一个人给扎了，正扎在小腿上，鲜血淋淋，刀子被扔在地上。其他同伴见势不妙，一个个都跑了，就剩下布鲁斯还在与对方厮打，结果被闻讯而来的警察抓个正着，于是布鲁斯成了伤人的第一嫌疑犯。

很快，躲在附近的布鲁斯的几个同伴也相继被找来了，他们没有一个承认自己动了手。事情也几乎有了定论，伤人的就是布鲁斯。虽然对方伤势不重，但一定要通知家长和学校。布鲁斯所在的中学以校风严谨著称，对待打架伤人的学生处罚非常严厉。布鲁斯懊恼不已，恨自己看错了这些所谓的朋友。然而，布鲁斯越是为自己辩解，警察就越怀疑他在撒谎。

一个多小时以后，布鲁斯的父母和学校负责人在接到警察的电话通知后陆续赶来了。第一个到的是父亲。布鲁斯偷偷抬眼看了看父亲，马上又低下了头。父亲显得异常平静，一瘸一拐地走到布鲁斯面前，把布鲁斯的脸扳正，眼睛紧紧盯着布鲁斯，仿佛要看穿他的灵魂。“告诉我，是不是你干的?”布鲁斯不敢正视父亲灼灼的目光，只是机械地摇了摇头。

接着校长和督导老师也来了，他们非常客气地和布鲁斯父亲握手，并称他为韦利先生。父亲不叫韦利，但韦利这个名字听上去很熟悉。

布鲁斯的父亲和校长谈了一会儿后，布鲁斯听见父亲对警察说：“我的儿子，我最了解。他会跟父母斗气，会与同

伴吵嘴，但是，拿刀扎人的事他绝对做不出来，我可以以我的人格保证。”校长接口说：“这是著名的专栏作家韦利先生，布鲁斯是他的儿子。布鲁斯平时在学校一向表现良好，我希望警察先生慎重调查这件事。有必要的话，请你们为这把刀做指纹鉴定。”

父亲和校长的那番话起了作用。当警察对布鲁斯和同伴们宣布要做指纹鉴定时，其中一个叫洛南的男孩终于站出来承认是自己干的。那一刻，布鲁斯抑制不住的泪水夺眶而出，他第一次扑在父亲怀里，大哭起来。此刻的他，觉得父亲是如此的伟岸。哭过之后，母亲也赶来了。布鲁斯迫不及待地问母亲：“爸爸真是那位鼎鼎大名的作家韦利吗？”母亲惊愕了一下，说：“你怎么想起这个问题？”布鲁斯把刚才听到的父亲与校长的对话告诉了母亲。

母亲微笑着点了点头：“这是真的。你爸爸曾是个业余长跑能手。在你两岁的时候，你在街上玩耍，一辆刹车失灵的货车疾驰而来。你被吓

呆了，一动不动。你父亲为了救你，右腿被碾在车轮下。你父亲不让我透露这些，是怕影响你的成长，也不让我告诉你他是名作家，是怕你到处炫耀。孩子，你父亲是天底下最伟大的父亲，我一直都为他感到骄傲。”

布鲁斯激动不已，他万万没有想到，自己引以为耻的父亲，曾经被自己冷落甚至伤害的父亲，会在自己最需要的时候，给予自己无比的信任。他知道，从扑到父亲怀里大哭那一刻，才真正明白父亲的伟大。

平凡而又伟大的亲情能改变孩子的一生。文中的父亲把快乐与幸福带给孩子，而他自己则默默地忍受着不幸与误解。他以一种全身心投入的爱为孩子谱写出了亲情的乐章。

要对得起“慈善”这个词

周　毅

从居所到公司虽说有一段不短的路，已步入中年的经理艾迪却很少驾车，他总是走着去上班。每天艾迪都要路过地铁口，而且有空的时候，喜欢和那里的卖艺者、流浪汉聊上几句；因为他出身贫寒，少年时代同样吃过许多苦。

一天早上。地铁口一个与众不同的年轻人吸引了艾迪的目光。年轻人既不是流浪汉也不是卖艺者，他面前摆着一个箱子，箱子正面写着一行字“慈善募捐”。一向善意的艾迪，毫不犹豫地走过去往箱口投了100美元。年轻人惊喜地感谢道：“先生，上帝会保佑您的！孤儿院里我那些可怜的弟弟妹妹们终于可以过上幸福的生活啦。”艾迪只是笑笑，然后平静地离开了。

之后的几天，艾迪陆陆续续往慈善募捐箱里投放了近千美元。一周后的一个傍晚，艾迪在回家的路上又看到那个年轻人。艾迪先投放100美元，然后笑着问：“怎么你还在？平时下午你好像不在这里。”年轻人吃惊地说：“先生，您怎么知道？”艾迪仍旧微笑：“因为每天我都路过这里。”年轻人解释道：“下午我一般去孤儿院。给孩子们买些好吃的东西，他们可高兴啦！”

艾迪望着年轻人的眼睛：“把法国大餐装进自己的胃里，能消化吗？孤儿院的孩子们怕是享用不到这种美食吧？”年轻人的脸忽地煞白，支吾道：“您跟踪我？”艾迪说：“年轻人，别紧张。我只是好奇，你想哪个慈善机构募捐时只一个人呢？说说吧，你怎么想出这么个‘好’点子的？”

年轻人无地自容，羞愧地向艾迪介绍了自己的经历。他叫托尼，在孤儿院长大。成年后，一再失业的他成了流浪汉，就想出募捐这么个主意。讲完后，托尼低着头问：“先生，您既然知道我是假冒者，为什么还如此慷慨呢？”艾迪说：“这个问题问得好！原因很简单，因为我要对得起‘慈善’这个词。”托尼抬起头，双方目光交织的一刹那，托尼感到的是无尽的温暖。

故事并未结束，艾迪拿出几千美元陪着托尼去了孤儿院，托尼亲手将“慈善募款”交给院长。后来，艾迪收托尼为义子，并安排他到自己的公司上班。托尼每次经过地铁口时，都会往流浪汉的盆里扔几美元。临终前艾迪把公司交给了托尼，望着托尼没有说一句话。托尼从老人眼神中读到了许多。

托尼没有辜负义父艾迪，他将公司财产的一半捐助给了慈善机构。因为托尼永远忘不了艾迪说过的那句话——要对得起“慈善”这个词。

即使受到了欺骗，但因对“慈善”这个词美好而高尚的理解，艾迪以博大的爱心，包容了一个走上歧途的年轻人，并以真挚的情感温暖了这个年轻人的心，从而为“慈善”一词做了最好的注解。

蕉香满怀

何素青

有个衣着朴素的老婆婆经过检票口，怯怯地要把用报纸包着的一些东西送给我。她神情谦顺，站在检票口旁边。等旅客都走光了，才将我拉到一边，颤抖地说："小姐，这是我家自己种的山蕉，跟你们平常吃的香蕉不一样，给你吃吃看。我特地从山上带来给你的，外表不好看，不过真的很好吃，希望你不要嫌弃。"

她恭敬地抱着两串山蕉，请我无论如何都得收下。可是我跟她素昧平生，怎么好意思收？她将山蕉轻轻摆在检票口边上，拉着我的手说："小姐，你不记得我了？上个月我来这里找儿子，不小心把钱包弄丢了，而我儿子的电话号码却在钱包里面。我在候车室坐了几个小时，你请人去买面给我吃，还帮我买回家的火车票，你忘了啊？"我赶紧在脑海里搜寻这个老太太的影子，却一点儿印象也没有。

"小姐，我回家后，

每天都想快点儿来跟你说谢谢，顺便还面钱给你。”

她越说，我的脸越红。一碗面才几块钱，她却一直牢牢记住，实在让我不好意思。

“多谢你，钱你收回去。面我请，山蕉你请，好吗？我祝你身体健康。”

她见我收下山蕉，开心地跟着儿子走了，我抱着山蕉进办公室，满怀的蕉香，让我有点儿飘飘然。如果人世间的真善美都能够借一碗面、两串山蕉慢慢舒展开来，该多么美好啊！

正所谓“赠人玫瑰，手留余香”。我们在付出爱心的同时也在收获真诚和关爱。

生命不打草稿

思想者

在学书法的时候，我曾经听我的一个老师讲过这样的一个故事：

有一个书法家教学生练字。有一次，一个经常用废旧报纸练字的学生反映，自己已经跟着书法家学了很长时间，可一直没有大的进步。书法家就对他说："你改用最好的纸试试，可能会写得更好。"

那个学生按照书法家说的去做了。果然，没过多久，他的字进步很快。他奇怪地问书法家是什么原因。书法家说："因为你用旧报纸写字的时候，总会感觉是在打草稿，即使写得不好也无所谓，反正还有很多纸，所以就不能完全专心；而用最好的纸，你会心疼好纸，会感受到机会的珍贵，从而全身心投入，也就比平常练习时更加专心致志。用心去写，字当然会进步。"

真的，平常的日子总会被我们不经意地当作不值钱的“废旧报纸”，涂抹坏了也不心疼，总以为来日方长，平淡的“旧报纸”还有很多。实际上，这样的心态可能使我们每一天都与机会擦肩而过。

生命并非演习，而是真刀真枪的实战。生活其实也不会给我们打草稿的机会，因为我们所认为的草稿，其实就已经是我们人生无法更改的答卷了。

把生命的每一天都当作那最好的一张纸吧！

生命不能虚度，因为生命的每一分钟都是宝贵的。在有限的生命中，一分耕耘就会有一分收获，浑浑噩噩地生活只会浪费自己的青春。

太太，你很有钱吗

马瑞·杜兰

他们蜷缩在风门里面——两个衣着破烂的孩子。

“有旧报纸吗，太太?”

我正在忙活着，我本想说没有——可是我看到了他们的脚。他们穿着凉鞋，上面沾满了雪水。“进来，我给你们喝杯热可可奶。”他们没有答话，他们那湿透的凉鞋在炉边留下了痕迹。

我给他们端来可可奶、吐司面包和果酱，为的是让他们抵御外面的风寒。之后，我又返回厨房，接着做我的家庭预算……

我觉得前面屋里很静，便向里面看了一眼。

那个女孩把空了的杯子拿在手上，看着它。那男孩用很平淡的语气问：“太太……你很有钱吗?”

“我有钱吗？上帝，不!”我看着我寒酸的外衣说。

那个女孩把杯子放进盘子里，小心翼翼地说：“您的杯子和盘子很配套。”她的声音带着嘶哑，带着并不是从胃中传来的饥饿感。

然后他们就走了，带着他们用以御寒的旧报纸。他们没有说一句“谢谢”。

他们不需要说，他们已经做了比说“谢谢”还要多的事情，蓝色瓷杯和瓷盘虽然是俭朴的，但它们很配套。我捡出土豆并拌上肉汁。土豆和棕色的肉汁，有一间屋住，我丈夫有一份稳定的工作——这些事情都很配套。

我把椅子移回炉边，打扫着卧室。那小凉鞋踩的泥印子依然留在炉

边，我让它们留在那里。我希望它们在那里，以免我忘了我是多么富有。

我要对你说

有一间温暖的小屋，有一个爱自己且有一份稳定工作的丈夫，一日三餐虽简单却可口，拥有这些东西，你就已经很富有了。知足常乐，学会感恩，才能看见生活的美。

鲜花中的爱

佳迪·库尔特　志宏　译

父亲头一次送我鲜花是我 9 岁那年。那时，我参加了 5 个月的踢踏舞学习班，准备迎接一年一度的音乐会。作为新生合唱队的一员，我十分激动，但我也知道，自己貌不出众，毫无动人之处。

真叫人大吃一惊，就在表演结束来到舞台边上时，我听见有人喊我的名字，而且往我怀里放了一束芬芳的长梗红玫瑰。我默默地望着那朵朵红得像滴血似的玫瑰，它们在一枝洁白的满天星衬托下，静静地绽放着独特的美丽和清香。我的脸儿通红通红的，注视着脚灯的另一边。那儿，我父母笑吟吟地望着我，使劲儿地鼓掌。

一束束鲜花伴随着我跨过人生的一个个里程碑，它们带给了我无限的希望与欢乐。

快到我 16 岁生日了。但这对我来说并不是一件值得快乐的事，我身材肥胖，朋友也很少。可是我好心的父母要给我办一个生日晚会，这使我愈加痛苦。当我走进餐厅时，看到桌上的生日蛋糕旁边有一大束鲜花，比以前任何一束都大。

16 岁是迷人的，可我却想哭。我最要好的朋友弗丽在一边小声说："呃，有这样的好父亲，真幸运！"我情不自禁地捧起了那一束玫瑰，整个身心都沉浸在那怡人的馥郁中，花香弥漫成一团透明的雾气，细细密密地浸润着我的心田。我真就哭了。

时光荏苒，父亲的鲜花陪伴着我的生日、音乐会、授奖仪式、毕业典礼。

大学毕业了，我将从事一项新的事业，并且马上就要做新娘了，父亲的鲜花标志着他的自豪，标志着我的成功。这些花带给我的不仅是欢乐和喜悦。父亲在感恩节送来艳丽的黄菊花，圣诞节送来茂盛的百合，生日送来鲜红的玫瑰。后来有一次父亲将四季鲜花扎成一束，祝贺我孩子的生日和我的小家庭搬进新居。

我的好运与日俱增，父亲的健康却每况愈下，但直到因心脏病与世长辞，他的鲜花从未间断过。终于有一天，父亲从我的生活中逝去了，我将我买的最大最红的一束玫瑰花放在他的灵柩上。

在以后的十几年里，我时常感到有一股力量催促我去买一大束花来装点客厅，然而我终于没去买。我想，这花再也没有过去的那种意义了。

我要对你说

鲜花记录了女儿成长的历程，陪伴女儿幸福成长，其中蕴含着一种无形而伟大的父爱。鲜花使无形的爱化为有形，在感动的岁月里增添色彩。把一种爱寄托在心灵深处，这就是亲情的温暖。

伴我同行

小　雨

记得小时候，家里很穷，全家七口人靠父亲那微薄的工资来打发日子。但乐观的父亲没有被生活上的贫穷和工作上的压力所压倒。在我的印象中，父亲永远带着微笑，把一顶滑稽的帽子盖在他那微秃的头上，手里拿着一根英式手杖，他对我们说这样显得年轻，嘴里还叼着一个他永远不离身的玉龙烟斗。听说这个烟斗是宋朝传下来的传家宝，父亲对它非常的喜爱，他曾对我说就是穷到要饭的地步，也不会卖掉它的。

父亲每次下班时，都会给我们五个孩子带来一点小礼物。进了家门，他笑呵呵地把公事包扔给母亲，对着我们吹一声响亮的口哨说："来吧，孩子们，猜猜今天带给你们什么？"我们兴奋地尖叫，一窝蜂似的跑到父亲的身前抢着礼物。父亲好像喜欢看着我们着急的样子，颇有兴趣地逗着我们，而这时我们会不约而同地把父亲绊倒在地上，然后举着"胜利品"跑到屋后分享，撇下笑得喘不过气的父亲。因此，每天等待父亲下班，是我们儿时的最大乐趣。

我是长子，父亲对我要比对弟妹要求更严格，但他从不打骂我，甚至有时我把他的文件搞得乱七八糟，他也只是笑着说我几句。直到父亲所在的公司要大量裁减人员，父亲面临被解雇的危险，家里又穷得揭不开锅的时候，才会见不到他的笑容。

父亲为了借钱来回奔波，看着他日渐多起来的白发，我心疼极了，于是决定旷课去一家工厂做童工。每天我都带着书包像往常一样去上学，晚上脏兮兮的带着一身的疲劳回来。当我拿到第一个月的薪水，兴高采烈地回家时，进门却见父亲坐在椅子上铁青着脸，母亲和弟妹畏缩地躲在一旁，惊恐地注视着我。父亲走了上来问："告诉我，今天你去哪儿了？"

我心里顿时觉得不妙，这时我看见了桌子上有一封学校寄来的信。

我正在考虑该不该告诉父亲，“叭”的一声，我觉得一阵头昏，眼里冒着金星，血霎时从我鼻子里涌了出来。“天哪，你干了什么！”母亲跑到我面前用衣袖擦着我的鼻子，父亲对我吼着：“滚，滚得远远的，我们不要败家子。我辛辛苦苦供你读书，就是希望你能给我争……口气，你却旷课，到外面去疯，你……你太叫我失望了。”一阵委屈涌上我的心头，我叫着：“我并没有到外面去疯，也不是什么败家子，我爱你，我不忍看你憔悴下去，所以我到外面打工，来帮你维持这个家。给你，这是我第一个月的薪水。”我把钱扔到地板上，硬币满地滚动。父亲站在那里愣了一会儿，然后慢慢地向我走来，恐惧使我向后退着，突然他把我一把搂在怀里，声音嘶哑地说：“对不起，对不起，我的儿子，是我错了，我不该不问清楚就打你。”

望着父亲流下来的眼泪，我心慌了……

两年后，我终于以总分第一的成绩被保送上大学。那天，父亲拿着录取通知书，哭了。他又哭又笑，像疯了似的跑到左邻右舍，自豪地说：“你们看呀，我儿子考上大学了。”邻居们向他祝贺。我从父亲的脸上又看到了好久没有看到的笑容。

转眼到了开学的日子，可随之而来的学费问题困扰得我们一筹莫展。这天，父亲冒着小雨从外面赶了回来，他拍了拍身上的雨珠，笑呵呵地从怀里拿出一包东西。我打开看竟是一叠钱，共200元。我大惊，因为在那时200元已是一笔不小的数字。“你哪来的这么多钱?”我问。父亲的脸色变了，惊慌地掩饰着说：“这……这你就不要管了，去了大学好好读书，别给你老爸丢脸。”我困惑地接过钱。突然一惊，我大叫道：“父亲，你的烟斗呢?”原来我发现父亲心爱的传家宝、我曾祖父留下来的宝贝玉龙烟斗，此刻不在父亲的手上。父亲尴尬地笑了笑，拍了一下我的肩膀说：“孩子，小烟斗又算什么呢？”我无言以对，眼睛早已噙满了泪水。斗转星移，大学毕业后，我在一家公司谋到一个职位。10年以后，我升为这家公司的总经理，而我的父亲已是垂暮之年了。在父亲80岁生日那天，我冒雨匆匆地赶到家，没进门就听见了父亲爽朗的笑声。我推开那扇我熟悉的门。“啊哈，你竟然在我的生日时迟到了，来来来，罚酒三杯。”父亲高兴地嚷着，我走过去拥抱了父亲，在他耳边轻声说：“生日快乐！”说完我递上用彩纸包的礼物。“今年送给我什么惊喜？”“……你打开看看！”父亲瞪了我一眼，笑骂道：“你小子，就知道卖乖。”他打开了彩纸，接着又慢慢地打开了盒子，我兴奋地注视着父亲，只见他的手颤抖着，他的眼眶霎时充满了泪水。母亲好奇地望了一眼：“天！这不可能，这……这不是你的玉龙烟斗吗？”父亲抬起头来用泪眼望着我，不觉中我的眼里也充满了泪水。我说：“这个烟斗我找了它整整5年，今年才被我找到。现在我把它交还给你，并且要告诉你，我爱你，父亲，谢谢你为我所做的一切。”父亲什么也没说，只是久久地拥抱着我，久久地……

如今，父亲已经故去，烟斗回到我手上，伴我同行。

一根精雕细琢的玉龙烟斗，伴随着孩子的成长之路，蕴藏在烟斗背后的是父亲深深的爱。当艰难的生活考验“我”时，是父亲让“我”明白，在“我”身后，有热切的目光在期待，有挚爱的亲情在牵挂……

父亲为我蒙耻

张运涛

那年夏天我终于在学校出事了。

自从我步入这所重点高中的大门，我就承认我不是个好学生。我来自农村，但我却以此为耻。我整天和班里几个家住城市的花花公子混在一起，一起旷课，一起打桌球，一起看录像，一起追女孩子……

我忘记了我的父母都是农民，忘记了自己是一个多交了3200块钱的自费生，忘记了自己的理想，忘记了父母的期盼，只知道在浑浑噩噩中无情地吮吸着父母的血汗。

那个夜晚夜色很浓。光头、狗熊和我趁着别人在上晚自习的时候，又一次逃出了校门，窜进了街上的录像厅，当我们哈欠连天地从录像厅钻出来时，已是黎明时分，东方的天际已微微露出了亮色。几个人像幽灵一样在校门口徘徊，狗熊说："涛子，大门锁住了，政教处的李处长今天值班，如果不翻院墙，咱上操前就进不去了！""那就翻吧，还犹豫个啥呀！"我回答道。

光头和狗熊在底下托着我，我使劲儿抠住围墙顶部的砖，头顶上的树叶在风的吹拂下哗啦啦地响，院内很黑，隐隐约约闻到一股臭气。我估计这地方是厕所，咬了咬牙，纵身跳了下去。

"谁?"一个人从便池上站起来，同时一束明亮的手电筒光照在我的脸上。唉呀！正是政教处的李处长，我吓得魂飞魄散，一屁股坐在地上。

第二天，在政教处蹲了一上午的我被通知回家找家长。我清楚地知道，一个对学生要求甚严的重点高中让学生回家意味着什么。我哪敢回家，哪敢面对我那面朝黄土背朝天的双亲！

在极度的惊恐不安中。我想起来我有一位远方亲戚，她与政教处一位姓方的教师是同学。我找到她家，战战兢兢地向她说明了一切，请她去给谢情，求学校不要开除我，并哭着请她不要让我父亲知道这件事。她看我情绪波动太大，于是就假装答应了。

次日上午，我失魂落魄地躺在宿舍里。我已经被吓傻了，学校要开除我的消息让我五雷轰顶。我脑子里一直在想："我被开除了，怎么办，怎么办，我该怎么办，我该怎样跟父亲说，我还有什么脸回到家中……"这时，门"吱"一声响，我木然地抬头望去——啊，父亲，是父亲站在我面前！他依旧穿着那件破旧的灰夹克，脚上那双解放鞋上沾满了黄泥——他一定跑了很远很远的山路。

父亲一句话也没有说，只是默默地看着我。我看得出来，那目光中包含了多少失望、多少辛酸、多少无奈、多少气愤，还有太多太多的无助……

表嫂随着父亲和我来到了方老师的家里。我得到了确切的消息：鉴于我平时的表现，学校已决定将我开除。他们绝不允许重点高中的学生竟然夜晚溜出去看黄色录像！已是傍晚，方老师留表嫂在家里吃饭。人家和表嫂是同学，而我们却什么也不是。于是，我和父亲跌跌撞撞走下了楼。

父亲坐在楼下的一块石板上喘着气。这飞来的横祸已将他击垮，他彻底绝望了。他把一生的希望都寄托在他的儿子身上，盼望儿子能成龙，然而，儿子却连一条虫都不是……想起父亲一天滴水未进，我买了两块钱的烙馍递给父亲。父亲看了看，撕下大半给我。我艰难地咽下一小块——脸上的青筋一条条绽出。那一刻，我哭了，无声地哭了，眼泪流过我的腮边，流过我的胸膛，流过我的心头。

晚上，父亲和我挤在宿舍的床上。窗外哗啦啦一片雨声。半夜，一阵十分压抑的哭声把我惊醒，我坐起来，看见父亲把头埋进被子里，肩膀剧烈地耸动着。天哪，那压抑的哭声在凄厉的夜雨声中如此绝望，如此凄凉……我的泪，又一次流了下来。

早晨，父亲的眼睛通红。一夜之间，他苍老了许多。像做出重大决定似的，他对我说："儿啊，一会儿去李处长那里，爹让你干什么就干什么，你能不能上学，就在这一次啦。"说着，父亲的声音哽咽了，我的眼里也有一层雾慢慢升起来。

当我和父亲到李处长家里时，他很不耐烦，"哎哎哎，你家的好学生，学校管不了了，你带回家吧，学校不要这种学生！"父亲脸上带着谦卑的笑容，说他如何受苦受难供养我，说他在外多苦多累，说他从小所经受的磨难……李处长也慢慢动了感情，指着我："你看看，先不说你对不对得起学校，对不对得起老师，你连你父亲都对不起呀！"

就在我羞愧地低着头时，突然，父亲扬起巴掌，对我脸上就是一记耳光。这耳光来得太突然，我被打蒙了。我捂着脸看着父亲，父亲又一脚踹在我的腿上，"你这个不争气的东西，给我跪下！"我没有跪，而是倔犟又愤怒地望着父亲。

这时，我清楚地看到：我那五十多岁的父亲，向三十多岁的李处

长，缓缓地跪下来……我亲爱的父亲呀，当年你曾一路讨饭到河北，没有跪；你因为儿子上学而借债被债主打得头破血流，也没有跪！而今天，我不屈的父亲呀，你为儿子的学业，为了儿子的前途，你跪了下来！

我“扑通”一声跪倒在父亲面前，父亲搂着我，我们父子俩的哭声连在了一起……

两年后，我以752分的成绩，考入了华中师范大学。在拿到录取通知书那一天，我跪在父亲的面前，恭恭敬敬地磕了三个响头。

我要对你说

生活中的种种不如意不能成为我们不思进取、自我沉沦的理由。父亲以他博大的胸怀和无怨无悔的付出给孩子上了人生中最重要的一课，他用行动诠释了什么叫父爱如山。

1/5的痛苦

大　卫

庆乙是辽宁的一个盲诗人，他与来自全国各地的另外13个人一起，参加了诗刊社第十八届青春诗会。会议期间，安排一天时间参观黄山，庆乙坚持要去，我们都为他担心，高且陡的黄山，他这个盲人，怎么上啊？虽然他带了弟弟来，但我们还是不放心。最后庆乙还是上了，他弟弟扶着他，他比我们所有人都认真地爬，光明顶他去了，莲花峰也去了，一线天过了——特别是过一线天的时候，脚稍一打滑，就有栽下来的可能，只可容一个人过的空间，一个什么也看不见的人的艰难可想而知了。我甚至在下面做好了营救的准备。最后，他过了，没有用任何人帮助。

说句实话，我们那天去的时候，黄山晴得厉害，没有云海，黄山的美，少了许多。虽然大家不说出来，但那份遗憾，心知肚明。唯有庆乙比所有人都高兴。他说他看到了黄山，像想象中一样的美。是的，他因为没有看见，才可能有那份想象。

后来与他聊天，我说："你的世界我不可想象，没有一丝光，万物对你来说，都是没有模样的。甚至，你连最亲爱的人的样子也看不到。一切只有手感。更何况，有些东西，是你根本无法去感觉的……"

庆乙笑了，他吐了一口烟说："是的，和你们相比，我的世界痛苦得不得了，我不回避这种痛苦，但我更想说的是，我只有1/5的痛苦。"

1/5的痛苦？我不解。

"你想想，在五官当中，我只是眼睛这一官失明而已，所以，我只有1/5的痛苦，但是，就这1/5的痛苦，我也不觉得痛苦，正因为眼睛看不到，和别人相比，我才有更丰富的想象力，一个人能够始终活在自己的想象里，像鱼天天游在大海里，难道不幸福吗？”

我无言。

博尔赫斯在晚年什么也看不见了，但谁又能否认，不正是这1/5的痛苦，才使他比我们所有人都看得更远更深？甚至，他看到许多我们看不到的东西。

失聪的贝多芬，他不也是拥有着1/5的痛苦？但他比我们所有的人都幸福，因为，我们在凡尘俗世听到的，只是一些鸡飞狗跳之类的噪声，而他失聪的耳朵，却可以听到天籁。

其实，他们“1/5的痛苦”，也只是在我们俗人的眼光里这样的，不客气地说，甚至是我们强加于他们的一种自以为是的判断。这样说，也并不是否定一个人的悲悯之心，而是想说，你悲悯别人的时候，是否也要想一想，和那些残障者相比，我们是不是比人家盲得更深、聋得更重、瘸得更狠……

我觉得，弄清楚这点很有必要，不然的话，人家可能仅仅是在肢体方面有着1/5的痛苦，而我们不再清澈的心灵，倒有可能是3/5的浮躁，或者5/5的麻木。

我要对你说

心境决定生活的质量。面对生活，痛苦的人总感觉芒刺在背，乐观的人却感觉春风拂面，原因就在于心态各异。因而，我们不要在意生命中的坎坷，也不要为命运多舛而忧愁，生命各有其历程，只要心中充满快乐，幸福就会常驻我们心间。

摆 渡

高晓声

有四个人到了渡口，要到彼岸去。

四个人中一个是有钱的，一个是大力士，一个是有权的，一个是作家。他们都要求过河。

摆渡人说："你们每一个人，谁把自己最宝贵的东西分一点给我，我就摆；谁不给，我就不摆。"

有钱人给了点钱，上了船。

大力士举举拳头说："你吃得消这个吗?"他也上了船。

有权的人说："你摆我过河以后，就别干这苦活了，跟我去做一点干净省力的事儿吧。"摆渡人听了很高兴，扶他上了船。

最后轮到作家开口了。作家说："我最宝贵的，就是写作。不过一时也写不出来，我唱个歌给你听听吧。"

摆渡人说："歌我也会唱，谁要听你的！你如果实在没有什么，唱一个也可以。唱得好，就让你过去。"

作家就唱了一个。

摆渡人听了，摇摇头说：

"你唱的算什么，还没有他（指有权的）说的好听。"说罢，不让作家上船，篙子一点，船就离了岸。

这时暮色已浓，作家又饿又冷，想着对岸家中妻儿还在等他回去想办法买米烧晚饭吃，他一阵心酸，不禁仰天叹道："我平生没有造过孽，为什么就没有路走了呢？"

摆渡人一听，又把船靠岸，说："你这一声叹，比刚才唱得好听，你把你最宝贵的东西——真情实意分给了我。请上船吧！"

作家过了河，心里哈哈笑。他觉得摆渡人说得真好，作家没有真情实意，是应该无路可走的。

到了第二天，作家想起摆渡人已跟那有权的人走掉，没有人摆渡了，那怎么行呢？于是他就自动去做摆渡人，从此改了行。

作家摆渡，不受惑于财富，不屈从于权力。他以真情实意待渡客，并愿渡客以真情实意报之。

过了一阵之后，作家又觉得自己并未改行，原来创作同摆渡一样，目的都是把人渡到彼岸去。

每个人眼中最重要的东西都不尽相同，但是，金钱、权力、武力都比不上真挚的情谊。不贪慕财富，不屈从武力，不屈服强权，在生命的渡口，真情实意地对待每一位渡客，相信你定会收获真诚的回报。

翱翔之鹰南丁格尔

于海生

这位全世界最平凡而又最伟大的女性出生在意大利的佛罗伦萨，父母因地取名，叫她“弗洛伦斯·南丁格尔”。那天是1820年5月12日。

父亲维恩和母亲范妮，都有着贵族血统。在英国，他们拥有两处家园：茵幽别墅和恩珀蕾花园。每年夏天，烈日炎炎，他们全家像候鸟一样，马不停蹄地到茵幽别墅避暑；而在一年的其余时间，他们住在恩珀蕾花园里。到了春秋季节，全家人就到伦敦探亲访友，忙得不亦乐乎。小弗洛伦斯的童年，是在天堂般的环境中度过的。

从小时候起，她就独来独往，不像一般的孩子那样顽皮。她倔犟而

执拗，多愁善感，似乎过于早熟。她在满目繁华中孤独地成长。恩珀蕾花园一片繁荣，花园外面却是满目凋敝。1842 年的英国，经济异常萧条，饥民充斥了各个角落。弗洛伦斯在她的笔记中写道：不管什么时候，我的心中，总放不下那些苦难的人群……

“肮脏”而又“危险”

1843 年 7 月，正是炎热的季节，南丁格尔一家再度到茵幽别墅消夏避暑时，她不顾家人的反对，去帮助周围的穷人。她不怕肮脏和吃苦，把自己的时间，越来越多地消磨在病人的茅屋中。因为不少病人缺衣少食，她常常硬要母亲给她一些药品、食物、床单、被褥、衣服等等。她把这些东西用于赈济穷人，以解他们的燃眉之急。到了应当返回恩珀蕾花园时，弗洛伦斯不愿半途而废，她想留在当地。但是母亲认为，贵族出身的女儿理应在其他的事情上有所作为，浪费时间护理那些穷人，简直荒唐无比。父亲和姐姐也都站在母亲一边。弗洛伦斯孤立无助。

在当时英国人的观念中，与各式各样的病人打交道，是非常肮脏而危险的。人们对于“医院”“护理”这样的字眼一向避而不谈，因为在他们看来，这些都是一些很可怕、很丢脸的事情。由于医疗水平落后，加上国力衰微，战争频繁，1844 年以后的英国，医院几乎就是不幸、堕落、邋遢、混乱的代名词。

这就是南丁格尔即将行使使命的地方，但是她并不在意。她经常偷偷去医院调查，她相信，自己能使这一切发生变化。

1845 年 8 月，弗洛伦斯同父亲一道，到曼彻斯特去探望生病的祖母。因为祖母病情加重，卧床不起，而且缺少照料，她便留在祖母身边护理。很快，祖母的身体大有起色。接着老保姆盖尔太太又病倒了，弗洛伦斯又赶回家里，精心护理病入膏肓的盖尔太太。直到老人临终，弗洛伦斯一直守候在床边，没有离开半步。

这年秋天，恩珀蕾花园附近农村中瘟疫横行，弗洛伦斯和当地的牧师一道，积极地投入了护理病人的工作。她在一次次地证明着自己，她的人生信念更加坚定了。

只能偷偷地学

离恩珀蕾花园几英里处，有一个诊疗所，主治医师富勒先生很有些名气，据说毕业于牛津大学，而且是南丁格尔家的老朋友。于是，弗洛伦斯打算说服父母，给她一段时间，准许她去这个诊疗所学习。恰逢富勒夫妇应约到恩珀蕾花园做客，她就当着父母的面提出拜富勒为师。

不料，一场风暴就此爆发了。父亲拂袖而去；母亲则气得发疯，说再也无法忍受这样的怪念头；连姐姐也歇斯底里地大声嚷嚷，说妹妹一定是“中了邪”——这不单有失贵族身份，还会把病菌带入家门，害死全家。

富勒夫妇感到很难堪。为了安抚南丁格尔夫妇，他们也只好向弗洛伦斯“泼冷水”，劝她放弃自己的想法。

在巨大的精神压力下，她咬紧牙关，没有屈服。她开始偷偷钻研起医院报告和政府编印的蓝皮书。她还私下给国外的专家（比如普鲁士大使本森夫妇）写信，向他们请

教各种问题。并且，还时不时地索求有关巴黎和柏林两市医院情况的调查报告。每天早晨，她至少要学习一个多小时。当早饭铃声响起，她会迅速收拾书本，若无其事地下楼用餐，看上去规规矩矩，也尽量不提及内心的想法。母亲要她负责储藏室、餐具室和藏衣室的整理工作，她丝毫不敢怠慢。她希望母亲回心转意。她给朋友克拉克小姐写信说："我不得不做很多家务。那些衣被、玻璃杯、瓷器，已埋到我的下巴了。它们简直是乏味透顶。我也不禁要问自己：'这就是生活吗？难道一个有理智的人，一个愿意有所作为的人，每天想要做的，就是这些吗？'"

她也收到了爱情的橄榄枝。在一次宴会上，她结识了年轻的慈善家理查德（将少年犯与成年犯分离，以接受更合理、更人性的管教，就是出自他的提议）。理查德对她一见钟情，两个人一起谈诗作画，愉快交往。在弗洛伦斯寂寞无助的时候，理查德的数不清的信笺，给过她很大的精神安慰，她也曾把理查德称为"我所崇拜的人"。但是，在他求婚时，她考虑良久，拒绝了他。她给理查德写信说：我注定是个漂泊者。

为了我的使命，我宁可不要婚姻，不要社交，不要金钱。

弗洛伦斯曾在一封信中流露出追求独身生活的态度，同时谈到自己对婚姻的看法："普遍的偏见是，归根结底，一个人必须结婚，这是必然的归宿。不过，我最终觉得，婚姻并不是唯一的。一个人完全可以从她的事业中，使自己感到充实和满足，找到更大的乐趣。"此后，她拒绝了所有的求婚者。

经弗洛伦斯的请求，本森爵士给她寄来了一本书——《恺撒沃兹的基督教慈善妇女年鉴》。书里介绍了恺撒沃兹在护理方面的先进理念和有关情况。

她仔细阅读之后，不由得喜出望外。作为慈善医疗机构，恺撒沃兹正是她多年来梦寐以求的地方。在那里，各方面的条件相对完备，她可以得到适当的训练，同时，那里的宗教气氛、清规戒律，是一张"挡箭牌"，可以保证护士的名声不受舆论指责。

但她不敢贸然向父母提出直接去恺撒沃兹，只是利用病后疗养的机会，先来到法兰克福，当时那里的护理事业也走在各国前列。在一家诊疗所，她学到了不少有用的东西。两周以后，她离开时，觉得自己有资格做一名合格的护理员了。

当父母、姐姐知道她对护理"贼性不改"，还在私自学医时，个个气得发抖。他们联合起来惩罚她，令她"闭门思过"，不许出家门一步。

终于结出了果实

她与家人冷战数年。时光如水，在1851年6月8日这一天，弗洛伦斯在她的笔记中，用前所未有的坚定语气写道："我必须清楚，依靠一味地死守和等待，机会就会白白地从身边溜走。从他们那里，我得到的，只是愈演愈烈的冲突。我显然是不会获得同情和支持的。我应该就这样坐以待毙吗？绝对不可以！我必须自行争取那些我赖以生存的一

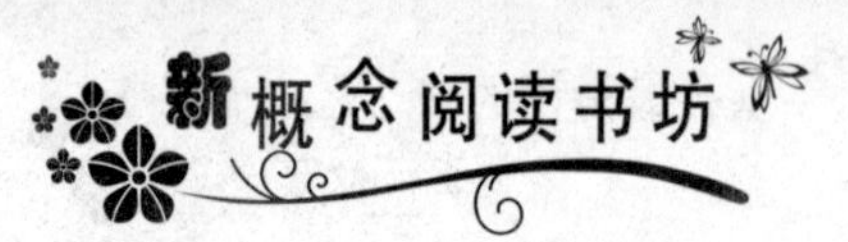

切。对于属于我的事业，我必须自己动手去做。我的人生际遇，我的真正的幸福，要依靠我的努力，他们是绝不会赐予我的。”

这次，她的确是做到了“言必行，行必果”。首先，她以出去散心为借口，去了恺撒沃兹，在那里学了两个星期之后，为了获得更为系统的学习，决定再次去法兰克福。她平静地向家人宣布了她的决定，父亲尚平静，但母亲和姐姐惊慌不已，再度极力阻挠。这一次，弗洛伦斯丝毫没有退却。她们三人大吵了一通。父亲见劝阻无效，气愤之下，提着猎枪牵着爱犬走出家门。他走后，她们更吵得天昏地暗。母亲甚至想打她耳光，但被她灵巧地躲开了。

第二天，弗洛伦斯勇敢地离开了家。来到西道尔·弗利德纳牧师的收容所——这所机构拥有一所医院、一所育婴堂、一个孤儿院和一所培训女教师的学校。

弗洛伦斯住在孤儿院内的一个小房间里。她的工作地点就是孤儿院和法兰克福女子医院。所有的工作她都学着干，一点儿也不肯落下，甚至连手术护理她也参加。这对她来说非常不易。毕竟，在当时，对于一个贵族女子来说，这完全是“有失体统”的事。她明白这一点，但她不在乎。

在这段时间里，她往家里写了好几封信，介绍自己的情况，也渴望和家里人重归于好。在32岁生日时，她感谢家人的祝福，还特地给父亲维恩写了一封信。其中写道：

> 尽管我的年龄的确不小了，不过我会更加坚持行使我的使命。事实上，我很高兴，因为我终于重获自由。我的不幸的青春期已经过去，我并不多么留恋。它永远不会再回来了，我为此而欣慰，因为这意味着，我将获得新生命。

的确，一切从此不同。她不仅成为一个真正的护士，还一步步地把护士变成了真正的天使。1853年英、法、土三国与沙俄爆发了战争，成千上万的伤兵因为得不到治疗和照顾而死去。她带着一支护士队奔赴战场，不分昼夜地工作。每天晚上，她提着小油灯，挨个看望病人，让伤员感到了巨大的温暖。从战场回来后，她创办了世界上第一所护士学校，以后又创办了一批助产学校。她成功地把护理工作从“污水般”的社会底层提升到了受人尊敬的地位。她于1910 年逝世，享年 90 岁。

我要对你说

大爱无声，任何语言在它面前都显得乏力，南丁格尔正是这样一位伟大的女性，如天使般降临人间，如慈母般关爱每个需要帮助的人，用温柔无私的爱谱写出人类最美丽动人的乐章，把人性善良纯洁的情感发挥到了极致。

有月亮的晚上

王连明

窗外有低低的说话声，叽叽喳喳。我故作严厉地大声问："谁呀?"说话声顿止，突然又响起一阵哄笑，接着是一群人逃离时纷乱杂沓的脚步声。山村里，惊起几声响亮的犬吠。

我拿起书走出屋子。我知道，那是我的学生们，他们是来叫我去学校的。我们这里是山地，学生居住分散，到学校要翻山、穿林、过河，走不少的路。为了大家的安全，学校不让学生晚上到校自习。但是，学生几次向我提出，晚上要到学校做功课，并提出了许多理由，什么家里没通电，一盏油灯一家人争着用啦，什么家里人口多、太吵、不安静，等等。总之，好像不到学校就无法完成功课似的。见我还是不同意，学生就提出了折中的办法：没有月亮的晚上在家做功课，有月亮的晚上就到学校去。我仍不同意。其实，我不同意是出于个人的"私心杂念"。因为，晚上是我唯一一点可供自己支配的业余时间，我得充分利用这点时间，静下心来读读写写。可是，到了有月亮的晚上，就有一群群学生来我家里，他们问我在家干啥。我说看书。他们就说，那咱们赶快去学校吧，你看书，我们做功课，那多好！我逗他们："说说看，好在哪里?"于是，他们就笑，而且笑而不答。

学生这样"烦"我，我不讨厌，也不生气，因为爱学生是教师的天性。于是就腋下夹着两本书，和学生们一起踏着月色去学校。深秋之时，夜凉如水，真有点儿"凉露霏霏露沾衣"的感觉。清朗的长空纤尘不染。圆圆的月亮很洁净，挂在树梢上，看上去湿漉漉的，仿佛用清水刚刚洗过一样。香盘河波光粼粼，如涌动着一河月亮。我们沿着长满杨柳的河堤走着，时而走在树影里，时而走在月光下，这恰似走在“晚凉天净月华开”的意境之中。学生们簇拥着我，蹦蹦跳跳，书包里的铁皮文具盒叮当作响。他们大声嚷，高声笑，全然没有了平时课堂上的拘谨。偶尔谁还“啊——嗬——”的喊一嗓子，肆意挥洒着心中的快乐。在这样的氛围里，学生们最能敞开心扉，而且一下子缩短了师生之间的距离。他们肯把埋在心底的话讲给我听，肯把不宜外传的家事告诉我。师生间的关系这样和谐，也如月光似的柔和了。

一路欢乐一路歌，到了学校走进教室后，学生们的言行马上收敛了，见我坐在桌前翻开书，他们便不再说笑，一个个轻手轻脚坐到位子上。这时，一阵翻动文具的响声之后，教室里便渐渐安静下来。他们开始做功课，女孩子的头发从耳边垂下，遮住了半边脸，男孩子眉头微皱，一本正经的样子。那天真、幼稚、淳朴的神情很是悦目。有时候，有的学生偶然抬头向前看，师生目光相遇，都相视一笑。有时，有的学生会歪着头，拿起橡皮，用夸张的动作擦本子，擦完了，又抬头朝老师望一眼，憨态可掬。

看一会儿书，我站起来在教室里巡视，并轻声指点。发现有的学生写得很快，字却不工整，不用批评他，只要走到他身边停一下，他写字的速度就骤然放慢，字也马上变得规规矩矩。我刚一离开，背后就响起了轻轻的撕纸声。不用问，他一定是重写了。双方谁也没说一句话，但这分明是进行了一次“对话”。

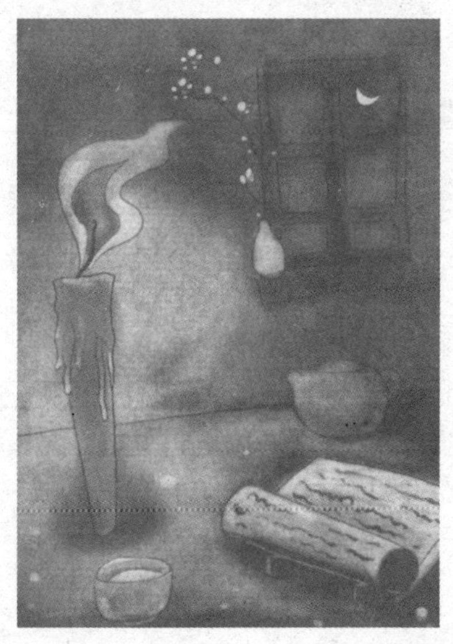

月光下的晚上，窗子大开，夜风悄然潜入教室，能感触到额际的发丝被风拂动着。窗外的大叶杨不时发出沙啦啦的响声。学生说得不错，我看书，他们做功课，大家无言地相互守着，这样的确很好。

但我是不会让学生在学校待太长时间的。时间久了，他们的家长会惦记。只要他们功课一做完，我马上赶他们回家。学生说："你不走，我们也不走。"我说你们先走吧，可以一边走，一边唱歌，我坐在教室里听你们唱，等听不到你们的歌声时，我再走。终于，大家快活地答应了。他们一出校门就唱起来，而且故意大声唱。我想，他们一定是笑着唱的吧。山村的夜晚很宁静，那歌声，那夹带着稚气的童声，显得极为清亮，且传得很远很远。清脆的歌声不时惊起此起彼伏的狗叫，寂静的夜一下子被搅乱了，于是，山村喧闹起来，生动起来。

听着学生们的歌声，我能准确地判断出哪几个学生朝哪个方向转弯了，进了哪道沟，上了哪条岭……歌声渐远渐弱。终于，完全消失，狗也不叫了。夜又归于宁静，像搅动的水又重新平复了一样。这时，只有明亮的月光，默默地照着山野、村庄。那阵喧闹如幻觉一般，让人怀疑是不是真的发生过。

那些有月亮的晚上，真美！

月光如水，流淌在蜿蜒的山间小路上。在寂静的村庄中，歌声伴着那一份绵绵的情感渐行渐远，留下一份永恒的美好，在心湖泛起圈圈点点的涟漪。那种感动，久经回味；那种温暖，一生难忘……

为善良加油

朱成玉

在公交车上，我前面站着一个瘦瘦小小的女孩。车上很拥挤。这时候上来一个抱着孩子的妇女，气喘吁吁地，感觉很疲惫。我前面那个瘦瘦小小的女孩就对她前面坐着的男青年温和地说："请你给这位抱孩子的母亲让个座。"那个男人无动于衷，眼睛盯着窗外，似乎没有听见的样子。但女孩并没有放弃，每过一分钟便重复一遍，"请你给这位抱孩子的母亲让个座。"声调依旧是温和的。她一共说了不下20遍，那男青年终于忍不住了，猛地站了起来，愤怒地盯了她很久，但她并不害怕，而是依旧温和地说："谢谢。"那抱孩子的妇女一屁股坐了上去，喘了口气。

我听到她对她的同伴说："我们就是太容易放弃，缺少的就是一份执着。正确的事情为什么不去坚持呢?"

是啊，善良往往是柔弱无力的，她需要我们一起来为她加油!

刚到这个城市的时候，我两手空空，一贫如洗。在几次找工作碰壁后，有些心灰意冷。我倚在一个街角，看着人们行色匆匆、忙忙碌碌的样子，不免有些凄然。天气闷热，愈发让人口干舌燥。这时候我看到一个行乞的老人拿着5角钱向一个小贩买梨吃，小贩死活不卖给他。“你就卖我半个梨还不行吗？”老人依旧哀求着。“不行，这么大个梨，一个就得三块钱。再说了，卖你半个，那剩下的半个咋办？”“剩下的半个我买。”我实在有些看不过去，就走过去，试图替老人解围，老人感激地冲我点了点头。“嘿，今儿个是怎么了？遇到这么多穷鬼。”小贩大声揶揄着。“没钱就别装好人。”声音不大却仿佛抽打在我脸上的耳光，让我的脸青一块紫一块，使我的尊严无处藏躲。更要命的是，我的兜里真的只有5角钱，就这5角钱，还是准备回家坐公交车的钱。

贫穷使我的善举搁浅了。看到我们争执，一个穿着牛仔裤戴着墨镜的年轻人走过来，问明了缘由之后，毫不犹豫地掏钱买了一兜梨送给那个老人，老人连连向我们道谢：你们都是好人。

我有些羞愧，但依然快乐地接受了他的赞美。

再往前走，在露天广场上，看到有赈灾义演的演出，我囊中羞涩，实在捐不出钱来。我能做的，就是在每一首歌曲唱完之后使劲鼓掌，为他们加油，直到把双手拍得生疼。

最美的人生，就是一边走，一边播撒幸福的种子，栽种善良的花朵。关于爱和勇气的花枝，不必高贵，不必茂盛，只要香气扑鼻。

宽大为怀

裴　玲

不幸，如同一场风暴，它能将你摧残得支离破碎，心神俱疲。往往一场不幸，就能毁掉你的前程和事业。

格林夫妇带着两个儿子在意大利旅游，不幸遭劫匪袭击。如一场无法醒过来的噩梦，7 岁的长子尼古拉死于劫匪的枪下，就在医生证实尼古拉的大脑确实已经死亡的 10 个小时内，孩子的父亲格林立即做出了决定，同意将儿子的器官捐出。4 个小时后，尼古拉的心脏移植给了一个患有先天性心肌畸形的 14 岁的孩子；一对肾分别使两个患先天性肾功能不全的孩子有了活下去的希望；一个 19 岁的濒危少女，获得了尼古拉的肝；尼古拉的眼角膜使两个意大利人重见光明。就连尼古拉的胰腺，也被提取出来，用于治疗糖尿病……尼古拉的脏器分别移植给了需要救治的 6 个意大利人。

“我不恨这个国家，不恨意大利人。我只希望凶手知道他们做了些什么。”格林，这个来自美洲大陆的旅游者说，嘴角的一丝微笑掩饰不住内心的悲痛。而他的妻子玛格丽特的庄重、坚定、安详的面容，和他们四岁幼子脸上小大人般的表情尤令意大利人灵魂震撼！他们失去了自己的亲人，但事件发生后他们表现出的自尊和慷慨大度，令全体意大利人深感羞愧。

以宽容之心去包容以前痛苦的遭遇，不幸便将会远离我们。

品读心灵的美好，就好像嗅闻阳光的香气，甜美而清雅。它能映照出人心的丑恶，驱散心底的阴霾，能带来这个世间最纯净的一丝宁静和一份坦然。面对匪徒的凶残，格林夫妇表现得安详、坚定和崇高，他们用高贵的心灵征服了一个国度。

必须承受的痛苦

爱默生

鲍勃3岁半的女儿扁桃腺发炎，开了10针青毒素，上午8点、下午3点，一天两针。

头两天是妻子带女儿去打针。女儿不肯去，妻子就骗她，说不打针，哄着抱她下楼。

当针头扎进小屁股蛋时，疼痛加上被欺骗的愤怒，女儿无法承受，哭得惊天动地，令大夫担心孩子会闭过气去。

看着女儿哭，妻子也垂泪，她实在受不了了，第三天死活不干了，把担子卸给了鲍勃。

鲍勃对着坐在床上翻图画书的女儿说："乖，咱们去打针。"

女儿可怜巴巴地望着鲍勃，沙哑地说："爸爸，打针很疼。"

鲍勃坐下来说："疼也得打呀。要不你的病好不了，上不了幼儿园，爸爸妈妈也上不成班，得在家看着你。不上班就没有钱，怎么给你买玩具和好吃的?"

"那我以后不要玩具和好吃的还不行吗?"

鲍勃停下来，给她时间思考。而且，鲍勃从不骗孩子。

女儿想了片刻，终于无可奈何地张开双臂叫鲍勃抱，并说道："爸爸，咱们去吧。"

打针时她又哭了，不过不厉害，针还没拔出来时就已哭完了。

女儿睡了个大午觉。下午2点多，鲍勃去卧室门口看了一眼，她已醒了，瞪着两只眼睛瞅着天花板，聚精会神，不知在琢磨什么。鲍勃没打搅她。3 点了，鲍勃关上客厅的电视，起身去卧室。女儿睁着眼，可她一看见鲍勃，马上说："爸爸，我困了！现在要睡觉了。"然后闭目装睡。

斜阳照在女儿紧张的小脸上，楚楚动人。

鲍勃一阵感动——

原来她不知动了多长时间脑筋，才想出这么个自以为是的办法以逃避打针。

"不行！回来再睡。"鲍勃硬着心肠拉她起来穿外套。

抱着女儿慢慢往医院走，鲍勃对她说："乖，不是爸爸不疼你，可人活着就有很多事、很多痛苦，这些只能自己去承受，谁也替不了你。"

女儿似乎懂了，因为鲍勃感到她的小脸好像刚毅起来。

这一针，她没哭，嘴唇哆嗦着，却一滴眼泪也没掉。

第二天上午 8 点，鲍勃刚要开口，女儿突然拿着注射单和针药站在鲍勃面前，说："爸爸，咱们去打针！"

鲍勃抱起女儿，紧紧搂在怀里。

我要对你说

人的一生将经历无数的痛苦，而有些痛苦是无法避免、无法替代的，但这也正是自己必须要承受的。只有经历风雨的洗礼，才能看见最美丽的彩虹。

父爱

苏 童

关于父爱，人们的发言一向是节制而平和的。母爱的伟大使我们忽略了父爱的存在和意义，但是对于许多人来说，父爱一直以特有的沉静的方式影响着他们。父爱怪就怪在这里，它是羞于表达的、疏于张扬的，却巍峨持重，所以有聪明人说，父爱如山。

前不久在去上海的旅途上，我带了一本消遣性的杂志乱翻，不经意间翻到了一篇并非消遣的文章，是一个美国人记叙他眼中的父爱。容我转述这个关于父爱的故事，虽说是一个美国人的父亲，但那个美国父亲多年如一日为儿子榨橙汁的细节首先让我想到我的父亲。我父亲则是几十年如一日地早起，为儿女熬粥，直到儿女们一个个离开家。我一直在对比中读这篇文章，作者说他每次喝光父亲榨的橙汁后必然拥抱一下父亲，对父亲说一声“我爱你”，然后才出门。那个美国父亲则接受儿子的拥抱和爱，什么也不说。拥抱在西方的父子关系中是一门必备课，我从来就没有拥抱过我的父亲，但我小时候每天第一眼看见父亲时必然会例行公事地叫一声

“爸爸”。到我长大了一些，觉得天天这么叫有点烦人，心想不叫他也还是我爸爸，有时就企图蒙混过去。但我父亲采取的方式是走到你前面，用手指指着自己的鼻子，我就只好老老实实一如既往地叫“爸爸”。奇怪的是那美国儿子与我一样，他说他有一天也厌烦了这种例行公事似的拥抱，喝了父亲的橙汁径直想溜出去，那个美国父亲就把儿子挡在了门前，说：“你今天忘了什么呢?”这时候我仍然在对比，我想换了我就顺势说“谢谢您提醒我”，然后拥抱一下了事。但美国的儿子毕竟与中国的儿子不同，他想得太多要得也太多，贸然提出了一个非常强硬的问题，说：“爸爸，你为什么从来不说你爱我?”这个美国儿子逼着他父亲说那三个字，然后文章最让我感动的细节就出现了：那个父亲难以发出那个耳熟能详的声音，当他终于对儿子说出“我爱你”时，竟然难以自持，哭了出来！

我读到这儿差点也哭了出来，我仍然在对比我所感受的父爱。我想我永远不会逼着我父亲说“我爱你”，我与那个美国儿子唯一不同的是，知道就行了。父爱假如不用语言，那就让我们永远沐浴这种无言的爱吧。

“爸爸，我爱你”，简单的一句话饱含着孩子对父亲的爱，而父亲却因一句“我爱你”流了泪，足见父亲对孩子的爱有多么汹涌澎湃。父爱虽然无声，但父爱坚忍如山。

因为您，我无法沉沦

月下听禅

在1999 年，我考上了县里最好的高中。

开学那天是一个酷暑尚未离去的秋日，天气更有一种莫名的浮躁。在这样一个在空气中走动都会感觉到窒息的天气，没有谁喜欢出行。但是，为了省下那来回 6 元钱的路费，父亲执意要用单车驮着我去那所知名的重点高中。

一路无言，在车子后面看见父亲单薄瘦弱的身体在烈日底下费力地蹬着单车，我原有的兴奋在不知不觉间遁于无形，心中只有一种莫名的凄凉。

到了学校把一切都安排妥当以后，已是正午。我要父亲喝点水休息一会儿再走，父亲执意不肯，说下午我还有课，要我好好休息，不要耽误了下午的课程。父亲临走以前掏遍了身上的每一个口袋，也只找出了 4.4 元钱要我先用着。望着从早上就滴水未进的父亲，想着他还要在烈日之下骑那么长时间的单车，我执意不肯收，然而终于还是没有拗过父亲，只好收下。父亲千叮万嘱，一再要我好好学习要用功要勤奋以后要有出息……

望着父亲在烈日底下渐行渐远的身影，低头看见父亲塞给我的钱，脑海中便不由浮现出父亲为我支付那笔昂贵的凌乱的费用时，收款人那不屑一顾的轻蔑神态……

我忍住想哭的冲动，把已旋在眼眶中的泪水狠狠地逼了回去。为了父亲，我不哭，因为，父亲希望我坚强，所以，我必须拒绝眼泪。

高中三年，我经历了兴奋、欣喜、迷惘、无奈，终至失望绝望……

每天，我都在数理化中苦苦挣扎，在一次又一次的付出未果之后，我对自己已经彻底绝望，对学习已经没有了上进的信心和欲望。

终于，在高三那一年，我决定放纵自己，因为选择堕落要比选择勤奋容易得多……

我背弃了父亲的期望和我最初的信念，开始在心烦的时候选择逃课。在那一年，我甚至学会了喝酒。

我沉沦着我的沉沦，无视于老师和同学们形形色色的目光。

只是每一次回家，当我面对父亲时，我依然会是一个积极上进的好女儿，我会和父亲谈论各种各样的事情，只是每一次谈及学习谈及考试，我都会用大堆大堆冠冕堂皇的理由来掩饰。因为，我实在不想也不敢去伤害一颗慈父的心，所以在父亲看来，我依然是值得他骄傲的极有前途的好孩子……

2002 年 7 月 7 日，我怀着一定会落榜的自信走进了高考考场……

7 月 9 日，当我递交上最后一张考卷时，我已经彻底平静，麻木的

平静。我无知无觉地走出考场，天地之间便只剩下了绝望。

那天，父亲忙完农活以后来接我时已是深夜，看见父亲疲惫而满足的面孔，麻木已久的心又一次被深深刺痛，也有了一种不可抑制的恐惧。

那段日子，我强忍住伤痛和父亲一起违心地讨论着大学，心却在隐隐作痛，因为我知道，父亲终将会失望，因为他对我期望太高。在父亲面前，我向来很乖；在父亲面前，我从不任性；在父亲面前，我一直是一个听话上进的好孩子……

成绩的公布并没有因为我的不安而延缓半点……

那一年，我的分数只有532分，而本科线为556分。

当我平静地告诉父亲时，我不知道接下来将会发生什么，就算是从来都没有厉声斥责过我的父亲此时打我几巴掌，我也认了。在很长一段时间的令人窒息的静默之后，我惴惴地抬头，正与父亲的目光相对。很分明的，我看见父亲眼里有一些没有隐藏住的什么在一闪一闪地灼伤着我的眼睛。

那一天，从母亲口中得知，在我高考之前的两个月，父亲因为已经很严重的骨质增生去医院开了几副中药。然而不知是因为医生交代不明，还是因为父亲在用药过程中忽视了什么至关重要的注意事项，父亲在喝下其中一副药之后，忽然就晕厥过去，神志不清。惊慌无助的母亲在邻居的帮助下将昏迷不醒的父亲匆匆送往医院才得以脱险，父亲醒来以后的第一句话就是让母亲不要告诉我，以免打扰我，影响我高考……

然而，当时我又在干什么？

父亲一言不发，只是那么失望地注视我，让我除了深深的内疚和心痛之外别无感觉……

在一种莫名的突然袭来的冲动下，我撕碎了自求学以来所有的奖状和荣誉证书，在那些一直都被父亲视若珍宝、象征我曾经的荣誉，而今却换来耻辱的证明化作碎片漫无边际地飘落之时，我在父亲面前跪下了。

父亲在一声长长的叹息之后，推门离去，自始至终没有说一句话。

三年之前，对着父亲的背影我没有哭；三年之间，因为麻木我没有哭……

今夜，眼泪却已决堤。在我虚度了一千零一夜的幻想之后，卸下伪装，今夜理智终于面对现实。父亲啊，您可知道眼泪决堤时是何等的畅快！

我最终决定复读，父亲依然给我无言的支持。在父亲再一次将我送回那熟悉的陌生地时，我已经恢复了平静，只是此时的平静已经不再有任何麻木的成分，因为我已经痛下决心决不虚度此行，不成功则成仁！

高四那一年，有过泪，有过痛，也不可避免地有过失望和无助，却从未想过要再次选择放弃，因为每一次念及颓废，三年前父亲的背影和那夜父亲的泪光，便会将那些累积的、不敢碰触的情绪变成恩泽浩荡的海洋，让我沉浸其中愧疚难当……

那年，我每次打电话回家，父亲只是嘱咐我要记得休息，别舍不得

吃饭，别累坏了身体……对于学习，父亲却绝口不提。我知道父亲是不想让我再次忆起那些伤痛的往昔，然而父亲不知道往日的伤痛如今已经成了激励我的动力……

每次握着话筒我都想哭，却从来就不曾哭过，因为，从记忆冻结的那一天起，我便学会了父亲一直以来期望的坚强，我必须坚强！

2003 年 6 月 23 日 23 点，在接到同学打来的电话之后，我知道了高考成绩已经公布。我按了电话的免提键和父母一起查询我的高考成绩：本科线 480 分，我 500 分。跳动的心渐渐平息之后，回头看父亲，他笑得很释然。

我也想笑，却更想哭。父亲已经明显地老了，长期从事沉重的农事，父亲原本英俊魁梧的身材也已经变得瘦小，原本有神的双眼也已经渐渐浑浊，可是这次笑起来，却依然是那么的年轻。

来聊城前一夜，父亲宴请邻里来为我送行，因为按照村里的习俗，每一个大学生临走之前一定要宴请平日里相互照应的邻里吃顿饭。

我知道，父亲盼这一天已经好久了，而我，让父亲又多等了不轻松的一年。我并不喜欢这种喧哗的场面，却在那天陪着那些和父亲一样淳朴而善良的人们坐了好久，听他们淳朴真诚的祝福，听他们天南地北地谈论。

他们都散尽之后，我发现父亲醉了。

父亲醉了，说了好多话，然后父亲就对我发火了，因为我在高三那一年的堕落和我许久以来对他的欺骗。自我记事以来，我就没有见过父亲发火，更不知道原来父亲也可以对我这么声色俱厉地呵斥，更没有想到父亲会在这么一个日子里对我斥责。在我令父亲最伤心最失望的时候，父亲没有骂我甚至没有一句大声的话，而今天我终于将他的企盼实现以后，父亲终于还是对我宣泄压抑已久的情绪。

我静静地听着父亲对我的不满，默默记着父亲对我的企盼，没有感到丝毫的委屈或是不甘，因为我能理解父亲的那一颗拳拳之心。

而今，父亲依然会小心收藏我每一份大大小小的获奖证书，不时会拿出来看看，偶尔会在乡邻面前小小地炫耀，我想我是不会再有将它们撕碎的机会了。

父亲只是一个普通的农民，从来都不懂得什么人生的哲学或是高深的文化，但是父亲却凭借着他独有的质朴和忍耐让我走过了那段迷惘无知的岁月，这份情，我又怎能不在乎？

父亲并不伟大，他也不会用生动华丽的语言把自己对女儿的爱做什么诠释，甚至我现在正在写着的东西父亲也不一定能够完完全全地看明白，但是那份深深浓浓的拳拳之情却是任何人都无法置疑的！

我要对你说

爱有时朴实无华，没有任何值得夸耀的，但正是爱为我们挡风避雨，为我们燃起希望。面对许许多多沉甸甸的爱，我们又有何权利去选择沉沦，有何理由不去奋斗呢？

宽厚的师爱

润物无声，老师的爱像一阵细雨洒在我的心田。不仅是我，班里60位同学谁不是沐浴在这平凡、朴实又深厚的师爱之中！

梅老师

建　钟

龙卷风来了……

这时，梅老师不禁也慌了，但她并没有乱。她清楚地知道，孩子们这样争先恐后地涌向门口，最终只会造成教室这条唯一的出路被堵塞，从而……啊，太可怕了！

梅老师于是大步上前，把守住教室门口，同时，她嘶哑着嗓子，再次向学生们发生命令："听着，按次序！谁也不准挤！谁挤谁最后一个出去！"

老师犹如军队里的将军，随着梅老师的声音响起，教室里一下子静了许多，乱糟糟的局面也得到了控制，孩子们虽然免不了还要你推我，我拥你，可谁也不敢使劲儿往前钻了。

那呼呼的龙卷风声音越来越近，越来越响，学生们一个接着一个，有秩序地向教室外撤离。

突然，原来排在教室最里边那个组的一个长得圆头圆脑、很健壮很漂亮的小男孩，似乎有些等不及了，又似乎有着充分的理由，只见他一下蹿上前来，钻到梅老师的腋下，眼看就能挤出去了。

但梅老师一把拉住了一只脚已伸到门外的男孩子，并狠狠地将他往自己身后一拽，说："你！最后一个出去！"

小男孩不禁抬起泪眼望了望梅老师。其他学生这时也都将目光集中到了梅老师脸上，但梅老师似乎根本没看见这一切，只顾用嘶哑的声音喊着："听着！按次序！谁也不准挤！谁挤谁最后一个出去！"

这里，45 个同学中的 44 个已双脚跨出教室的门槛了。这时，梅老师连忙拉过一直站立在她身后的小男孩，并用力将他往外一推，然后——然而，时间就在这一刻停住了！天地就在这一刻合并了！随着一声沉闷的巨响，只听见几十个声音在同时惊叫：

“梅老师——”

“小刚——”

梅老师睁开眼睛的时候，已是第二天的下午。

梅老师睁开眼睛的时候，齐刷刷站立在她病床四周的44个孩子，同时叫了起来：“妈妈！”

听到这一声时，浑身上下都裹满了绷带的梅老师，不由得伸出颤抖的双手朝四周摸索着：“小刚，我的小刚，你在哪里？”

回答梅老师的，又是44个孩子那带着哭腔的同声呼叫：“妈妈……”

梅老师是妈妈。

妈妈是梅老师。

我要对你说

一句“妈妈”，包含着无限的真情。文中可敬的老师把生的希望留给学生，把死的可能留给自己，这种伟大的奉献精神来源于心底的职责，来源于无私的爱。

你有没有想要想疯了

王文华

这些年来，很多朋友问我申请斯坦福的“秘诀”是什么。其实我的秘诀，跟斯坦福教我的第一件事一模一样。申请斯坦福的“秘诀”，就跟你追求人生其他很多宝贵的东西，如工作、爱情、婚姻、幸福等一样，就是：你必须想要！非常、非常想要！想要到想疯了！想要到为了得到，付出别人想象不到的努力。大多数时候，我们之所以得不到我们

想要的东西，并不是因为我们命不好，而是因为我们没有想要到发疯的程度！

我大学时学文，只零星地修了几堂商业课程。毕业后当兵两年，也没有显赫的工作经验。托福、GMAT 成绩当然不差，但也没有到顶尖的地步。于是大家好奇：斯坦福为什么选我？斯坦福看上的不是我入学时的条件，而是我 MBA 毕业后的潜力。

大学时，我在用功念书之余，写小说、编校刊、演戏、当学生议会的议长、到美国表演舞蹈、到英国参加辩论赛、在公关公司打工……申请斯坦福时，除了标准的申请表，我编了一本名叫“*Close－up*”的杂志，用图、文把这些经历全部呈现出来。斯坦福并没有要求我做这个。我做，是因为我想进斯坦福想疯了！

你，想疯了没？

我要对你说

其实，许多我们认为得不到的东西，仅仅是由于我们争取的欲望不够强烈。“想要想疯了”实际上就是一种执着，执着是一种强大的力量，可以帮助我们实现自己的理想。当你听到自己坚定地说“我想要”的时候，也就是你即将成功的时候。

一只背袋

米洛斯拉夫·茹拉夫斯

那是第一次世界大战期间，父亲上前线去了，妈妈独自一人带着我和妹妹，住在里沃夫城外的一个小村子里。

当时，我和妹妹都小，记不得爸爸的模样了，只从照片上见过。不过，妈妈总是给我们讲起爸爸。

于是，我们也经常缠着妈妈要爸爸。妈妈总哄我们说，爸爸快回来啦，因为眼看着仗就要打完了。然而，战争总是结束不了。此后，妈妈终于对我们说了实话：父亲还在意大利前线作战。

我们的妈妈向来坚强，我从未见过她流泪。晚上，妈妈一封接一封地给前线的父亲写信。父亲的信也时时从前线寄到家，灰色的信封，信封上盖着式样各异的邮件检查机关和战地邮局的邮戳。每当妈妈接到爸爸的信时，总是一边读，一边随口讲给我和妹妹听。

有一次听妈妈说，爸爸负伤住到了野战医院，伤好后再不能回前线打仗，就调到了军需机关。这样，爸爸很快就有希望回趟家，还一定会给我们背回一袋子好吃的东西。

我和妹妹猜想，那袋子里装的是大块大块美味的腌猪肉，在当时，那可是我们的奢望。于是，每个晚上睡觉前，我们都盼着父亲背回满满的一袋子又酥又香的腌猪肉来。

爸爸终于回来了，他把身上的背袋往墙角一放，就过来拥抱我们，袋子比我们设想的还满。我们缠住爸爸不放，和他在一起的快乐无穷无尽，爸爸浑身上下是烟草味和朗姆酒味，他把我和妹妹抱在膝上，没完没了地逗我们，还让我们玩他胸前佩戴的十字勋章和各式立功奖章。用他久未刮过的硬胡楂扎我们的脸蛋。爸爸高兴得啥都忘了。

后来，只有墙角的那只又大又满的背袋吸引我们的注意——里面装着神奇诱人的美味，最好吃的当然是那腌猪肉。想着想着，口水就禁不住往下流。

我和妹妹没有睡着，妈妈进屋时，我俩假装着睡熟了，一动不动地躺着，眯缝着眼偷偷往外瞧。妈妈站住了，盯着那个袋子，好像她也终于忍不住了，弯下腰，吃力地搬起背袋——背袋装得太满了——把东西全倒在桌子上。

看着眼前的景象，我和妹妹不禁惊呆了。失望、委屈，又感到害怕：桌子上堆的全是信，用绳子捆好的一沓沓蓝色、白色、灰色、红色的信封，信封上是邮件检查机关和战地邮局的红邮戳。这些信我们太熟悉了，因为它们是在战争年月里，妈妈写给爸爸的全部家信，而且是数不清的晚上，妈妈写完后交给我和妹妹投到邮筒里的。信，信，从这个大背袋里倒出来的全是信，摞满了整整一个桌子，还几乎往下掉。

此时此刻，从来没有流过泪的妈妈，第一次在我们

面前哭了。起初，她小声地抽泣，泪水顺着面颊往下流；她用双手捂住眼睛，泪又顺着指缝往下流。妈妈摇头想止住，但是没用，她最终控制不住自己，便放声大哭起来。

爸爸进来了，看到妈妈对着那个空背袋哭成这个样子，他似乎明白了一切：妈妈没有在那里面找到她盼望的腌猪肉。

爸爸心里也难过起来。妈妈就这样一直哭着，始终不让爸爸挨近她……

我要对你说

一背袋的信件是战争岁月里父母传递爱的唯一方式，父亲从战场将一背袋的爱背了回来，这抵得过世间无数的美好，它将过去那些难熬的日子一笔勾销，留下了对亲情别样的纪念。

有些"注定"是可以打碎的

崔修建

我以优异的成绩考上乡里的初中时,好多人都劝父母快想办法让我转学吧，说那所中学念不念没多大意思，没准把学生耽误了。

父母何尝不想让我转学呢？可我最终还是进了那所没希望的学校，因为家里没门路，而且也交不起那一笔数额不菲的转学费。

进校不久，我就被这所乡中学的一切惊呆了——学校的办学条件的确是差极了，没水、没电、没住宿的地方，更重要的是师资力量太差，好老师都走光了，剩下的大多在混日子，教学质量一塌糊涂。连续三年的中考，重点高中、中专的上榜率竟然都是零蛋。有人甚至愤愤地说："那学校是'零蛋'学校，趁早黄摊得了。"成绩好一点的学生或家里有门路的学生，都想方设法地转到外校去读书了，剩下的就是一些无可奈何地在那儿混毕业证的了。于是，恶性循环又开始了——老师没心思教，学生没心思学，人们不约而同地觉得：进这样的破学校，注定不会有什么收获的，注定没大出息了。

记得我上的第一节课就缺了 7 个学生，课堂上乱糟糟的像个闹市，老师无精打采地照本宣科，学生在下面说话、打闹。我当时就想，天下恐怕没有比这更糟糕的学校了。

上了两个多月的课，学的东西少得可怜，我就回家跟父母说不想继续读书了。父母便唉声叹气道："都怪爹娘没本事，不能给你换一个好学校。"

看到父母那难过的样子，我又背上书包到学校去了，但不能说是去学习，只是打发空虚的时光而已。初中一年级很快就过去了。

第二年，学校分来一个叫姜秀琴的长得很柔弱的师范毕业生，谁也没有想到，貌不惊人的她，用她满腔的智慧和爱意，竟在我们的心中播下了那么多的希望的种子，竟影响了我和许多同学一生的走向。

记得她在第一节课上给我们讲了这样一个故事：一个家境异常贫困的男孩，几次饿昏在课堂上，他的母亲冒着雨走了一百多里的山路，给他送来10个窝窝头和借来的两元钱。他对老师说只要让他吃饱饭，他就能考100分。后来，他考上了北京大学，又考上了研究生。我至今还清楚地记得那个故事的每个情节，记得故事的名字叫《始于乡间状元路》。

故事讲完后，我发现很多同学和我一样，第一次像个大人似的低下了思索的头颅，因为我们比那个男孩还幸运一些，至少我们能够填饱肚子。

下课了，姜老师把我叫到一旁，问我："你挺聪明的，请你带个头，将大家所说的'注定'打碎，好吗？"

心潮正被那个感人的故事澎湃着，再看到姜老师那满怀深情的目光，我使劲地点点头。

姜老师的课讲得有趣极了。开始时一些调皮惯了的学生还不好好听课，故意弄出些动静气她，甚至有几次气得她直抹眼泪，课都讲不下去了，但很快大家就被她的认真、她对同学无私的关爱感动了，都喜欢上她的课了。

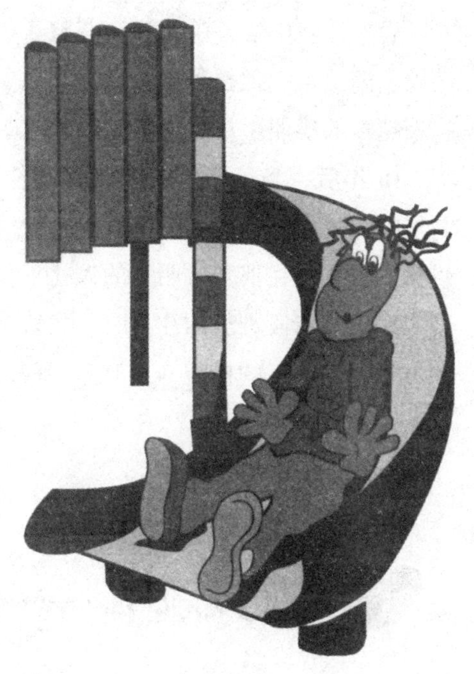

姜老师的出类拔萃，反衬出其他一些老师水平的差劲。那几位混惯了日子的老师，在受到同学们的哄笑后，对姜老师更嫉妒了。他们不屑地说，就凭她一个刚毕业的小姑娘，三分钟热血，想改变这破学校注定的结果，实在是太天真了。

后来有两个老师不愿意上课，姜老师就教我们语文、英语、物理和化学四门课程。一个老师担起初中四门主课的教学工作，这在那个年代恐怕也是十分罕见的。可以想象，她要付出怎样的心血。多少年后，当我向朋友讲述这段往事时，朋友无不惊讶地赞叹姜老师的学识和品性。

超负荷的工作，曾让姜老师几次累昏在课堂上。同学们深受感动，觉得再不玩命地学习就太不懂事了。于是，大家像大梦初醒一般，都开始认真地读起书来，那份刻苦那份执着，也是别人难以想象的，我甚至将语文书和外语书整个背了下来。因为同学们和姜老师心中都燃烧着一个强烈愿望——一定要努力，打碎那个似乎已有的“注定”！

1983 年的秋天，一个让全乡父老乃至全县都震惊的好消息传出：多年来什么考试都是倒数第一、吃惯了升学率“零蛋”的乡中学，在这一年的中考中，竟奇迹般的有 5 人考入省重点高中、4 人考入中专、13 人考入普通高中！

累倒在病榻上的姜老师幸福地笑了，那些淳朴的家长和同学们也笑了，人人眼里都含着晶莹的泪花，为曾经的迷茫、曾经的热血沸腾、曾经的顽强拼搏，流出了那么多欣慰的热泪……

后来，乡中学备受关注，调整了领导班子，办学条件也大为改观，调入、调出了一批教师，教风大改，学风更浓了，教学质量逐年提高，越来越多的毕业生从这里奔赴祖国的四面八方。

15 年后，当年那个以优异成绩考入县城一中、如今已是一位小有名气的青年作家的我重返母校时，母校美丽的一切都已远远超出了我的想象。当我坐在那宽敞明亮的大礼堂，自豪地给在校的学生们讲述我们当年经历的那段难忘的往事时，我禁不住一再引用我至敬的姜老师馈赠的那句一生铭记的格言——有些“注定”是可以打碎的。

我要对你说

“春蚕到死丝方尽，蜡炬成灰泪始干。”老师像落入人间的天使，用爱的雨滴滋润干涸的心灵，将勤奋的种子种在每个学生的心田。她给了“注定”无限的可能，让沉寂的梦想扬帆远航。

感谢师恩

许新华

至今仍很难忘记那个夜晚，仍铭记着灯光下老师的语重心长："把握今天，努力不使它成为带有遗憾的昨天……"

那是刚进行完一次考试。我因为考得很糟糕，心情非常烦躁，灰心丧气，整天只觉得昏昏沉沉，无所事事。

那天是周日晚上，我们刚刚到校。随着晚自习的铃声落下，教室里顿时一片寂静。我坐在座位上，手中拿着一本书，翻来翻去的什么也看不进去。"新华，你出来一下。"这一声打断了我的遐想，我疾步走出教室。

当走到教室门口的时候，一股凉风扑面吹来，使我浑身发抖，我想退回来。但是看到老师那单薄的身体在风中晃动，我便把脚迈出了教室，走到了老师的面前。

老师用手理了理她那被风吹乱的头发，清了清嗓子，开始和我谈话："新华，你觉得这一阵子的学习怎么样？"我把头低下，默默无语。老师紧接着又追问了一句："是不是这次考试给你很大打击？"我点了点头，然后把头扎得更低了，不争气的泪水也涌出了眼眶。老师拍了拍我的肩膀又说："一次失败决定不了什么，失败只是暂时的，要敢于面对失败。失败了要找到失败的原因，找到原因后要对症下药，这样才会有进步。把头抬起来，敢于面对生活！"

我抬起头，远处黑暗的天空中有一颗闪闪发光的星星。我和老师面对面站着，昏暗的灯光洒在我们的身上，我们的影子投射在墙上，勾勒出了一幅人生最美的图画。这时老师又开口了："生命的意义在于过程，只要付出了，努力了，又何必太在乎结果呢？"

就是在我需要得到别人安慰的时候，老师，是您给了我安慰，使我重新燃起了心中的梦想，重新确定奋斗的道路。

感谢您，老师！

有一种爱如海洋般广博，如春雨般无私，如大地般宽容，它细如春雨，滋润着我们的心田，让希望生根，让幸福萌芽，这就是师恩，人类最伟大而无私的师恩。

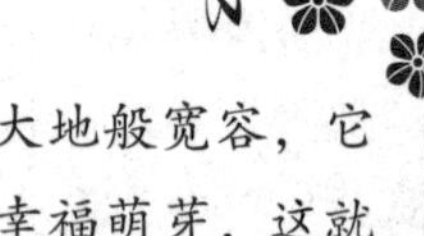

“三好生”

陈庆苞

上小学的时候,从一年级到五年级，他从未当过“三好生”，也从未想过当“三好生”，尽管他成绩不错，表现也很好。

村子很偏僻，村子的东北方向有一个军营，军营子女就成了学校里的一个特殊群体。他们穿戴干净，长得也漂亮，不像农家子弟即使是大冬天也敞着怀，鼻子下常常挂着鼻涕；他们还能给老师捎一些在地方上买不到的东西，自然就比农家子弟有一种优越感。村里的孩子只要不是很出色，就很难引起老师的注意。他那时很自卑。

五年级临放寒假时，学校照例在小操场上召开表彰会，“三好生”上台领奖往往是表彰会的高潮。校长在上面讲话，学生在下面说话，老师在后面吸烟，整个操场乱哄哄的，什么也听不见，他坐在下面低着头想自己的心事。

“要发奖了!”有人喊了一声，同学们的目光都聚到了主席台上。被喊到的大都是军营子女，他们不像农家子弟那样红着脸到主席台上拿了（甚至可以说是“夺了”）奖状就跑，而是大大方方地，到主席台上先向校长敬少先队礼，然后双手接过奖状，再昂首挺胸地走回来。他很羡慕他们。当然仅仅是羡慕，即使夜里做一百零八个梦也不会梦见自己当“三好生”，他觉得“三好生”不是他这种人当的。直到旁边的“大棍”用胳膊肘碰他，“快！校长喊你到台上领奖，你是‘三好生’啦!”福星真的照到了自己的头上。他简直不知道该怎么办才好，激动得不知所措。

“快去呀!”旁边的几个人叫道。

就这样，在小学临近毕业的那个学期，他第一次被评上了“三好生”。

领奖的时候，为了替农家子弟争回些面子，他走得郑重其事。到主席台上，他也像军营子女那样向校长敬了一个标准的少先队队礼。

接下来，就该双手接奖状了。

“你来干什么?”校长的神色奇怪，脸上没有一丝笑容。

“我来……领奖呀。”他不明白，为什么校长对别的“三好生”笑容可掬，唯独对他冷冰冰的。他有些委屈。

“领什么奖?”校长一下子暴怒起来，“简直是胡闹!”

他一下子懵了，“不是你喊我来领奖的吗?”

“我叫你来领奖?”校长把“三好生”名单往他面前一递，“你看看，上面连你的名字都没有，我会叫你来领奖?”

他听到身后传来了同学们的笑声。当时肯定全场的人都笑了。平时有哪位老师上课走错了教室，学生都能当笑话说上一个月，像今天这种情况岂不让人笑岔气？只听“大棍”一边笑一边大声嚷嚷：“哎，他信了！他信了！”

这时他才知道自己被人捉弄了。当着这么多人的面，他无地自容，转身就跑。

他的班主任，一个不苟言笑、做事认真得近乎古板的人，走过来拦住他，“别走，这次‘三好生’有你呀。”

全场一下子静了下来。

班主任走到校长面前，“这次‘三好生’有他，怎么能没有呢？我明明记得有。”

校长生气地把名单递给他的班主任。班主任仔细地看了两遍，一拍脑门，“哎呀，你看我！我写名单的时候把他漏掉了，都怪我！”

校长脸一沉，“胡闹！亏你平时那么认真，也能出这种错！现在怎么收场？”全场静得出奇。

班主任把上衣口袋里的钢笔拿下来递到他手上，“没有奖状和红花了，这个奖给你吧。”班主任平时常穿一件蓝色中山装，上衣口袋里常常别着一支钢笔，钢笔的挂钩露在外面，在阳光下白灿灿的，常引得学生羡慕不已。要知道，那个时候对一个农村孩子来说，钢笔还是奢侈品呢。

那个寒假，他过得既充实又兴奋。他拥有了第一支钢笔，最主要的是，这支笔代表着一种荣誉，是自己应该得到的奖品。他的自卑感一下子消失了，从此和“三好生”结下了不解之缘，直到高中毕业，进入大学。

他当时对班主任虽有感激，但更多的是埋怨，埋怨他一时疏忽让自己在众人面前出了丑。要是领奖那天没有那令人难堪的一幕该有多好！他常这样想，并遗憾万分。从此以后，无论在校内校外，他见了班主任总觉得不自在，尽量躲着走。班主任一笑置之，待他如故。

20年后，他已是某中学的一位班主任。

一天，他向妻谈起了往事，提到他当年的班主任，那个平时不苟言笑、做事认真得近乎古板的人。

“你说，他那么认真的一个人，怎么能把我漏掉呢？”他感慨道。

妻子笑吟吟地反问道：“他那么认真的一个人，怎么能单单把你漏掉呢？亏你现在还是班主任。”

半晌无语。夜半，他披衣而起，两眼含泪，拿起信笺……

即使岁月淡去了记忆，爱已成往事，有一种温暖仍萦绕于心间，这就是师爱，启迪我们懵懂的心灵，无私奉献着青春与关爱的师爱。当我们沐浴其中的时候，感恩之情又岂能言表？

老师的胜利

艾尔·约翰逊

有个名叫卡莉·韦斯特的女生，使我取得了一项大胜利。我第一天授课时，曾在班上宣布："我只有一条规则——尊重你自己和教室里所有的人。"

后来，卡莉突然莫名其妙地有了一种"不好的行为"。我讲话的时候，她会直望着我的眼睛，大声打呵欠。她的呵欠总是历时长久而又动作夸张，还具有感染力，会使许多别的学生也都打起呵欠来。

卡莉每打完一个呵欠，都会露出可爱的笑容，并且装作很诚恳道歉的样子。当然，我和她都知道她一点也没有歉意，这显然是对教师的考验。

经过慎重考虑，我写了封短信给卡莉的父母韦斯特夫妇，告诉他们我对于在我班上有卡莉这样的孩子而感到非常高兴，因为她聪明伶俐，风趣可爱，而且成绩不错，总平均成绩是乙。我没有将信封口，第二天，在卡莉第一次打呵欠之后，我就把信递给了她，请她交给父母。她当然偷看了，所以这是卡莉最后一次在教室里打呵欠。

到了下星期一，她走到我的讲台前。"强森小姐，谢谢你那封信。"她说，"我母亲把它贴在了冰箱上让大家看。在我家，那里就是光荣榜。不过我父亲不相信我在你教的那科拿到的成绩是乙。"

"我看不出为什么不能。"我回答说，"你很聪明，总是最先交作业。"

"不错，"卡莉说，"但是我从未得过甲。"

“那是因为你总是不把作业做完。如果你把作业做完，你会得甲的。”

“可是我的测验成绩也从未得过甲。”卡莉说时，低头瞧着她的笔记本，“我总是拿丙。”

“你是否从来不温习？”

“是的。”

“我敢打赌，要是你肯用功温习，就会拿甲。”我用手指轻敲她的笔记本，直到她抬起头来看着我。“我是说真的。”

“你确实认为我很风趣？”她问。

“是的。”我点头说。

下一次考试时，卡莉拿到了乙上。到了年底，她英文的成绩进步到了甲。

这个成就令我很受鼓舞，我决定给每一个学生写信。我分三批写。第一批写给“坏”学生，因为我认为他们最需要鼓励。有时候我要想很久才能想到些好话，因为我从不说假话。我在每一封信里都说，由于这孩子品性纯良、彬彬有礼、善于与人相处，我对于有他在我班上，感到很开心。我的工夫并没有白费，只有少数学生依然故我，大部分都已改变了以往的不足。杰森不再是个贫嘴的小鬼，他已成为一个“聪明机智的年轻人，班上举行讨论时，他的言论常常能够提供一点人人欢迎的风趣。”雪莉是个成绩只能勉强及格的学生，但是她“总是把头抬得高高的，充满自信，觉得自己是个衣着不俗而举止娴雅的少女”。

给“模范学生”的信很容易写。我赞扬他们字写得好，不缺课，测验分数高。而且我也没有忘记称赞他们的行为和性情，因为孩子对这些比对学业荣誉重视得多。

我开始写第三批信给那些既不特别好，也不特别坏的“中间”学生时，骇然发觉自己对他们之中的一部分人竟然毫无印象。然后，我惊悟为什么会有那么多好孩子这么容易在我这儿会遭到遗忘。他们说话不粗声粗气、举止比较斯文、性格不偏激。他们不惹是生非，也不喜欢出风头。他们在班级中默默无闻，而他们之所以会这样，往往是出于自愿，但有时则是由于被别人比了下去。

最后一批我写得特别小心，花了许多时间。我把它们分发给学生时，双眼一直看着他们的脸，直至看到他们也对我回看，才把视线移开。

给每个学生都写信之后，我感觉到学生渐渐对我都亲密起来，那种感受美妙极了。我发觉教室里的气氛也已改变，那些学生也真正相信我对他们每个人都有了认识，对我不再采取对立的态度了，我们学会了互相尊重。

我要对你说

对于老师来说，学生就像天空中的星星，他们所发出的每一点光亮都令老师为之骄傲、为之欣喜。对每一个孩子真诚地肯定和欣赏，是老师赢得胜利的法宝。

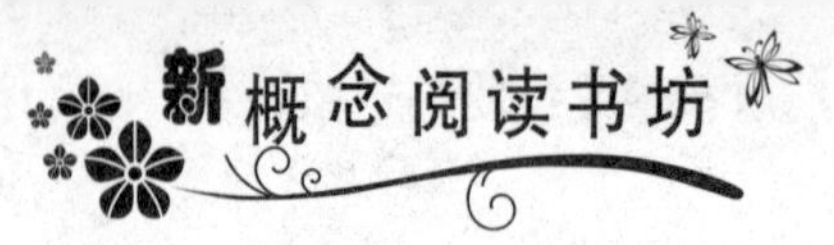

宽厚的师爱

王佳佳

上午，语文课上，王老师抱着 9 月份月考的卷子走上讲台，说："第二卷主观题满分 70 分，全班 60 分以上的同学只有 12 个。" 我忐忑不安地等待着"生死未卜"的试卷。终于，卷子传过来了。经手的同学都用特别的目光看着我。我想，不至于考得这么差吧？完了，没脸见人了。这有没有地洞呀？拿过来一看 66 分，只减了 4 分！我不是在做梦吧？又仔细看了看，还是 66 分，太好了！看到这个成绩，心里的不安、紧张顿时烟消云散。原来刚才同学们投来的是羡慕的目光。我松了一口气，心情像欢快的小鸟，飘飘然飞上了蓝天。

这时，王老师捻起一根粉笔，大刀阔斧地在黑板上写下了第一卷客观题的答案。我拿出一直带在身边的第一卷，满怀信心地开始对答案。1 个，2 个……5 个？什么？20 道选择题只对了 5 个！搞什么呀？不可能！再对一遍还是 15 分！小鸟重重地摔倒在地下。我好像从温室一步跌进了冰窖。倒霉的一卷，把二卷的胜利彻底毁灭了！

下课了，王老师走到我旁边，问："王佳佳，你的第二卷成绩非常高，可见你的能力很强。第一卷考基础知识，怎么成绩单上分数不高？没有涂错机读卡吧？" 看着王老师那赞赏又疑惑的目光，我又怎能告诉王老师，一个“能力很强”的学生基础知识薄弱呢？于是，我撒谎说：“答得还行，可能是机读卡出了问题。”我躲闪着王老师的目光，不敢实话实说，也怕老师失望。

下午，王老师急匆匆跑来找我，说：“王佳佳，我去微机室找过你的答题卡了。一个中午也没找着，卡太多，顺序又乱。”王老师脸上满是焦急和歉意。他多想重新给我一个公正的“高分”啊！他那疲惫的双眼，带着血丝。手指上沾染的铅笔的污渍还没有洗去。原来王老师这么重视我。我是多么后悔上午编造那虚荣的谎言！我怯生生地说：“卡没涂错，就是15分。老师，对不起，我……我怕您，生气。”王老师不再说话，目光很复杂。这复杂很快就变成了单一：恨铁不成钢。

他说他不生气，只对我的成绩表示遗憾。王老师让我拿出第一卷，一道一道地给我讲解。他先给我讲了一道古文语法题，考的是宾语前置。他讲得绘声绘色，讲到关键的地方打着手势帮助我理解。宾语似乎是被王老师“拿”过去从而“前置”的。王老师说：“做所有的古文语法题，都要先翻译句子，把译文作为参照物，用原文与译文比较，答案

就会浮出水面。”

听了王老师的话，我深深地低下头，暗下决心要学好语文，学好我们民族的语言！

润物无声，老师的爱像一阵细雨洒在我的心田。不仅是我，班里60位同学谁不是沐浴在这平凡、朴实又深厚的师爱之中！

今天的日历即将翻过，今天的故事却永远留在我心里。室友都睡了，我望着窗外，总想哭。柔柔的月光洒满校园，温柔地抚摸着校园里的一花一草。

我要对你说

春雨润物无声，在无微不至的关怀中，我们会感受到平凡而深厚的教师的爱，正是那宽广的胸襟、无私的爱以及无言的奉献，给了我们最大的温暖，也给了我们一生无法忘怀的师生情。

老师的泪水

杨旭辉

上高中的时候，我们班只是个普通班，比起学校里抽出的尖子生组成的6个实验班来说，我们考上大学的机会不多，因此除几个学习好的同学很努力外，我们大多数人都只是等着毕业混个文凭，然后找份工作。

班主任兼英语老师是个刚从师范学院毕业的学生，他非常敬业，但是说归说，由于许多人抱着破罐子破摔的想法，我们的成绩仍然上不去，在全校各科考试中屡屡倒数。

直到高二的一次英语联考，张榜公布时，我们班的成绩却破天荒地超过几个实验班的学生，这使我们接连兴奋了好几天。

发卷的时候到了，老师平静地把卷子发给我们。我们欣喜地看着自己几乎从没考过的高分，老师说："请同学们自己计算一下分数。"数着数着，我的分竟比实际分数高出20分，同学们也纷纷喊了起来："老师给我们怎么多算了20分？"课堂上乱了起来。

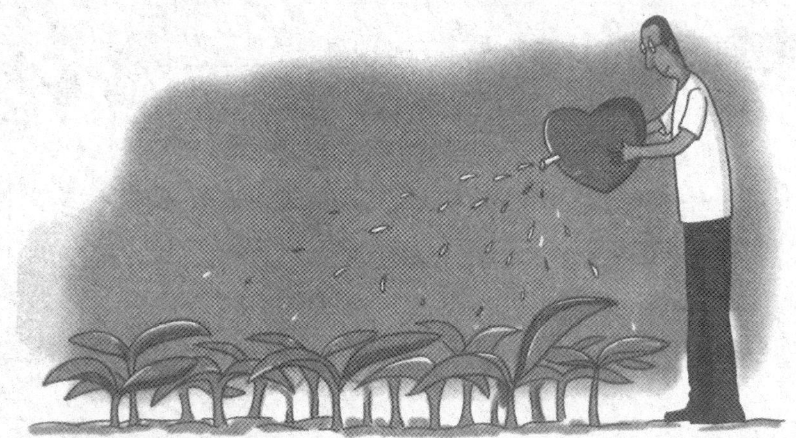

老师把手摆了一下，班上静了下来。他沉重地说："是的，我给每位同学都多加了20分，这是我为自己的脸面也是为你们的脸面多加的20分。老师拼命地教你们，就是希望你们能为老师争口气，让老师不要在别的老师面前始终低着头，也希望你们不要在别的班的同学面前总是低着头。"

他接着说："我来自山村，我的父母都去世得早，上中学时我曾连红薯土豆都吃不起。大学放暑假，我每天到建筑工地拉砖，曾因饥饿而晕倒。但我就是凭着一股要强的精神上完师范学院，生活教会我在任何时候都不能服输。而你们只不过是在普通班就丧失了信心，我很替你们难过。"

这时候教室里安静极了，我和同学们都低下了头。老师继续说："我希望我的学生们也做要强的人，任何时候都不服输。现在还只是高二，离高考还有一年多的时间，努力还来得及，愿你们不靠老师弄虚作假就得到足够的分数，让老师能把头抬起来，继续要强下去。"

"同学们，拜托了！"说完，老师低下头，竟给我们深深地鞠了一躬。当他抬起头的时候，我们看到他的眼睛流出了泪水。

"老师！"班里的女生们都哭了起来，男生们的眼里也含满了泪水。

那一节课，我们什么也没学。但两年后的高考，我们以普通班的身份夺得了全校高考第一名。据校长讲，这是学校的历史上从未有过的。

那一刻，我们每一个学生都记住了老师的眼泪。

文中的那位老师是千百万老师心灵世界的真实写照，他们无所求，无所取，只是为了桃李的芬芳，默默奉献着全部的心血，树立起人类伟大情感的丰碑！

刻骨铭心的两分

崔修建

那年，他的中考分数距重点中学的录取分数线只差三分，一位开煤矿的远房舅舅慷慨地为他掏了一年的学费，让他成了一名自费生。他格外珍惜那来之不易的读书机会，学习异常刻苦，成绩提高得也很快，高一时他的成绩已在班级排在第十五名。

正当他雄心勃勃地向前十名奋力冲刺时，不幸接连降临，先是父亲在采石场打工时不慎被一块飞落的石头砸断了两根肋骨，从此再不能干重活，而且为治病还欠了不少钱。接着，那位好心的舅舅的煤矿出了事故，他为死伤者赔付了数额很大的一笔钱，煤矿也被关闭了。自然地，他的学费也就没有着落了。

眼看就要开学了，家里连他最低的生活费都拿不出来了，父亲叹息着念叨起令他心酸的家境，让他辍学回来帮他撑起这个家。他哭着请求父亲让他读完高中，他保证考上大学，以后会为家里挣更多的钱。

父亲勉强同意了，可他又给他出了一个难题——他得自己去筹措学费。他跑了好多亲戚家，说了无数的好话，掉了无数的眼泪，终于借够了高二学年的学费。父亲又卖了一些口粮，给他兜里揣了 80 块钱的生活费，让他开始了高二的学习生活。

这时，他的压力更大了，深怕自己学习落伍，对不住家人和亲友。他拼命地学习，是班级里每天起得最早、睡得最晚的一个，几乎把所有的时间都用在学习上了。他的勤奋很快有了回报，高二上学期期末考试，他总分排在了第六名。班主任老师在表扬他的时候，又告诉他一个

好消息——如果他能够在期末考进前两名，学校就将免去他高三学年的全部学费。

老师的话令他激动不已，他心里暗暗地告诫自己——必须要冲进前两名，免去那笔如山一样沉重的学费。于是，他更用功了，几乎到了疯狂的地步。直到考试前一天晚上，虽说他已很有信心能够考好，但还是看书看到很晚才休息，因为这次期末考试对他来说实在是太至关重要了。

紧张而激动的考试刚一结束，他便急切地向各科老师询问考试的结果。他的几门主科答得都比较好，但最拿手的政治却发挥失常，比预计的少得了10分，七门功课的总分他排在了第三名，比第二名的王强只差一分，就差语文分数没出来了。这时，他的心都悬到了嗓子眼儿了，他怕语文成绩一向突出的王强再超过了他，那样他就……他实在不敢再往下面想了，晚上忐忑不安地来到了教语文的于老师家中。

于老师见到他，高兴地告诉他："你考得还不错，就是作文写得有一点偏题。"

听了于老师的话，他心里更慌了，急切地打听王强的分数，当于老

师报出他俩分数一样时，他几乎立刻晕了过去，两眼呆呆地望着于老师，痛苦地呢喃着："完了，完了，一切都完了，我恐怕支撑不到高考了。"

于老师惊愕地追问他究竟是怎么一回事，他的眼泪唰的一下汹涌而出，他哭泣着向于老师倾诉了他那贫寒的家境、他异常的勤奋和他那至关重要的希望……

于老师听着他的哭诉，面带同情，久久无语。

忽然，一个大胆的念头闪过他的脑海，他猛地跪到于老师面前，急切地恳求道："于老师，求求您，求您一定帮帮我，借给我两分，我以后会加倍补偿的。"

"借给你两分？怎么借？"于老师不解地拉起他。

"就是您给我的作文多批两分，那样我的总分就可以超过王强，而家境宽裕、性格开朗的他，根本不会在意这次考试的一个名次，但那对于我来说却意义非同寻常……"

于老师眉头紧锁地踌躇了几分钟，然后郑重地对他说："那得有一个前提条件，我才可以考虑借给你两分。"

"于老师，只要您这次借给我两分，我答应您的任何条件。"他激动得心都要跳出来了。

"那好，以后你保证每次语文考试都要拿第一名，否则，我就在你正常的得分上减去 10 分，算是对你这次借分的加倍补偿。"于老师向他提出了一个近乎苛刻的要求。

"我保证今后更刻苦地学习语文，不辜负老师的期望。"他大声地向于老师承诺。

因为于老师的暗中"关照"，他不仅如愿地被减免了学费，还被报送省"三好学生"，学校还发给他 200 元奖金。握着那几乎够他一学期生活费的奖金，片刻的兴奋后，他心里涌起一缕缕的愧疚，但他无法说出来，只是默默地告诫自己——一定要努力再努力，对得起学校和老师对他关照和鼓励……

有了无形的动力和压力的他，把勤奋学习可以说是发挥到了极致，尤其是语文这门功课，他投入了更多的精力，成绩明显地提高，高三学年的大大小小的几十次考试，他的语文成绩稳稳地占据着班级里第一名的位置，仅有一次考了第二名，被于老师毫不客气地“惩罚”了10分。

最终，在那年的高考中，他考出了全校第一名的优异成绩，作文还得了满分，作为范文被报纸刊登了出来。填报志愿时，他没有选择北大、清华这样的名牌高校，而是毅然在所有的志愿栏目里都填上了带“师范”字样的大学。

临上大学前，他满怀感激地再次向于老师致以深深的谢意，他真诚地说：“如果没有于老师当初借给我的那两分，我绝对不会有今天这样的成绩。”

于老师慈爱地笑了，“你是我第一次‘借给’分数的同学，事实证明我是做对了，当初是因为相信你会做得很优秀，所以我才愿意助你一臂之力的……”

当他向已考上复旦大学的王强讲起那次借分的经历时，王强非但没有丝毫怪罪之意，反而有些懊悔地说："你要是早点告诉我，我故意答错一道题不就行了，我不知道那对我其实并不重要的排名，却可以改变你一生的命运呢。"

再后来，他也成了一名让学生喜欢的语文老师。他在认真教书育人之余笔耕不辍，几年间，在各类报刊上发表了千余篇备受读者欢迎的文章。当他的第一本情感美文集《与心灵说话》出版后，他立刻想到了于老师，想到了他曾借给他的那无比珍贵的两分，想起他那求学生涯中的许多难以忘怀的情节……

一天，当他把这段往事讲给他十分敬重的一位老教授时，老教授感慨地说："这真是一件值得回味的往事，你遇到了一位好老师，他也遇到了一位好学生。你因为老师的勉励取得了更大的成功；老师因为自己的爱心，拥有了远远超出分数以外的收获。"

老教授的话不无道理，于老师当年举手之劳借给他的那两分，改变的绝不仅仅是他一个人的一生的走向，它饱含的内容实在是很多很多……

老师借给学生的不仅仅是两分，更是点燃了孩子人生路上的希望之火，就像冬日里的一缕阳光，苦难中的一句鼓励，让每一颗热爱生活的心灵都不放弃对美好生活的渴望。

第二十一页

李家同

张教授是我的老师，也是我们大家都十分尊敬的老师。他在微生物学上的成就可以说是数一数二的；他的专著也被大家列为经典。张教授终生投身教育，桃李满天下，我们这些从事和微生物学有关的研究的人，多多少少都应该算是张教授的学生。

张教授身体一直很硬朗，可是毕竟岁月不饶人，他近年来健康状况大不如从前。去年他曾经住过一次院，今年，他再度住院，健康情形每况愈下。张教授是个头脑清楚的人，当然知道他的大限已到。他是一个非常豁达的人。他说他也没有什么财产要处理，但是他十分想念他的学生，有些学生一直和他有联络，也都到医院来看过他，但有好多学生已经很久没有和他联系了。

张教授给了我一份名单，全是和他失去联系的学生，要我将他们一一找出来。一般说来，找寻并不困难，大多数都找到了。有几位在国外，也陆陆续续地联络上了，有些特地坐了飞机回来探病，有些打了长途电话来。在这一份名单中，只有一位学生，叫杨汉威，我们谁都不认得他，所以我也一直找不到他。后来，我忽然想起来，张教授一直在一所儿童中心教小孩子英文和数学，也许杨汉威是那里的学生。果真对了，那所儿童中心说杨汉威的确是张教授的学生，可是他初中时就离开了，他们也帮我去找，可是没有找到。

就在我们费力找寻杨汉威的时候，张教授常常在无意中会说："第二十一页。"晚上说梦话也都是"第二十一页"。我们同学于是开始翻阅所有张教授写过的书，都看不出第二十一页有什么意义，因为张教授此时身体已经十分虚弱，我们不愿去问他第二十一页是怎么一回事。

张教授找人的事被一位记者知道了，他将张教授找杨汉威的故事在媒体上登了出来。这个记者的努力没有白费，杨汉威现身了。

我那一天正好去看张教授，当时医院已经发出了张教授的病危通知，本来张教授可以进入特护病房，但他坚决不肯，他曾一再强调他不要浪费人类宝贵的资源。我去看他的时候，他的声音已经相当微弱了。

杨汉威是个年轻人，看上去只有二十几岁，完全是工人的模样。他匆匆忙忙地进入病房，自我介绍以后，我们立刻告诉张教授杨汉威到了。张教授一听到这个好消息，马上张开了眼睛，露出了微笑，用手势叫杨汉威靠近他。张教授的声音谁都听不见，杨汉威将耳朵靠近他的嘴，一边用极大的声音跟张教授说话。从张教授的表情来看，他一定是听见杨汉威的话了。

我们虽然听不见张教授的话，但听得见杨汉威的话，听起来是张教授在问杨汉威一些问题，杨汉威一一回答。我记得杨汉威告诉张教授，他没有念过高中，但念过补习学校。他一再强调他从来没有学坏，没有在不良场合做过事，也没有在夜市卖过非法光碟，他现在是个木匠，平时收入还可以，生活没有问题，还没有结婚。

张教授听了这些回答以后，显得很满意，他忽然叫杨汉威从他的枕头后面拿一本书，这本书是打开的。张教授叫杨汉威开始念打开的那一

页。这本书显然是一本英文入门的书，这一页是有关 verb to be 的过去式 I was、you were 等例子的。杨汉威大声地念完以后，张教授叫他做接下来的习题。杨汉威开始的时候会犯错，比方说，他常将 were 和 was 弄混。每次犯了错，张教授就摇摇头。杨汉威会偷偷地看我，我也会打手势给他。越到后来，他越没有错了。习题做完了，杨汉威再靠近去，然后杨汉威告诉我们张教授说“下课了，你们可以回去了”。张教授露出了安详的微笑，他又暗示他有话要说，杨汉威凑了过去，这次，杨汉威忽然说不出话来了。过了几秒钟以后，他告诉我们，张教授说：“再见”。

张教授就这样离开了我们。杨汉威没有将书合上，他翻回他开始念的那一页，那是第二十一页。他告诉我张教授在他初中时，仍叫他每周日去他的研究室，替他补习英文和数学，可是他家实在太穷了，经常三餐不继，他实在无心升学，当时玩心又重，就索性不去了。小孩是不敢写信的，他知道张教授一直在找他，却一直没有回去，但他一直记得张教授的叮咛，就是不可以变坏，不可以去不良场所打工，不可以到夜市去卖盗版光碟。”他也记得张教授一再强调他应该有一技随身，所以他就去做一位木匠师傅的学徒，现在手艺已经不错了。等到他生活安定下

来以后，他又去念了补习学校，所以他对 verb to be 的过去式有点概念，但是不太熟。

杨汉威再看看第二十一页，想起他最后的一课就停在第二十一页。十几年来，张教授显然一直记挂着他，也想将这一课教完。

张教授的告别仪式简单而隆重，教堂里一张桌子上放了张教授的遗像，旁边放了那本英文课本，而且打开在第二十一页上，桌上的一盏台灯照着这一页。我们请杨汉威上台来，杨汉威将最后一课的习题朗诵了一遍，他有备而来，当然都没有错。念完了习题，他说："张老师，我已经会了，请您放心。"然后他走到桌子前面，合上了书，将台灯熄灭，这一堂课结束了。

我们这些学生都上了张教授的最后一堂课，他这次没有提到微生物，他只教了我们一个道理："你们应该关心不幸的孩子。"这也是我一生中最重要的一堂课。

我要对你说

老师对学生的爱是永无止境的。老师即使身患重病，也依然牵挂着自己的学生。这爱比大海更博大，比太阳更温暖。也正是老师的教导，让学生在人生之路上走得踏实而坚定。

敬　启

本书的编选参阅了一些报刊和著作，由于多种原因我们未能与部分入选文章作者（或译者）取得联系，在此深表歉意。敬请原作者（或译者）见到本书后，及时与我们联系，我们将按国家有关规定支付稿酬并赠送样书。

联系方式

联 系 人：杨老师

电　　话：18600609599

编委会